超恐怖的鬼鬼傳說

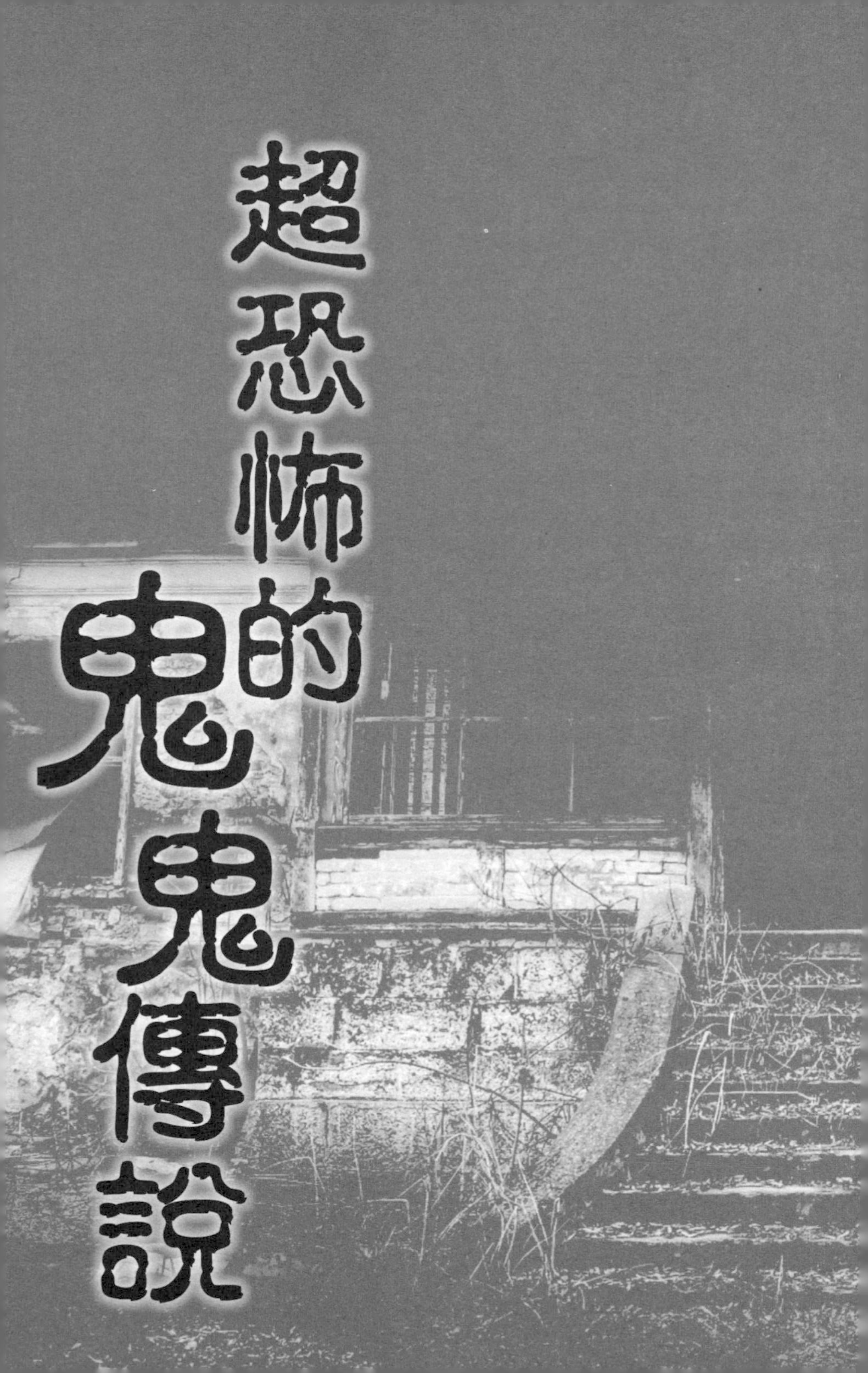

永續圖書線上購物網
讀品文化事業有限公司
www.foreverbooks.com.tw
yungjiuh@ms45.hinet.net

鬼物語系列 08

超恐怖的鬼鬼傳說

作　　者　鬼古人
出 版 者　讀品文化事業有限公司
執行編輯　廖美秀
美術編輯　姚恩涵
內文排版　王國卿

總 經 銷　永續圖書有限公司
TEL ／(02)86473663
FAX ／(02)86473660
劃撥帳號　18669219
地　　址　22103 新北市汐止區大同路三段 194 號 9 樓之 1
TEL ／(02)86473663
FAX ／(02)86473660
出 版 日　2015 年 10 月

法律顧問　方圓法律事務所　涂成樞律師
CVS 代理　美璟文化有限公司
TEL ／(02)27239968
FAX ／(02)27239668

國家圖書館出版品預行編目資料

超恐怖的鬼鬼傳說／鬼古人著.
--初版. --新北市 ： 讀品文化, 民 104.10
面； 公分. -- （鬼物語系列：08）
ISBN 978-986-453-015-1 (平裝)
857.63　　104018282

作者序

說神亦論鬼

一直以來，筆者總愛編寫有點嚇人但絕對以警世為宗旨的世間鬼話，為了搜集相關資料，非但走訪了各地名聞遐邇的鬼屋、魔窟，連香火鼎盛的名寺小廟我也必定親臨。超乎我意料之外的是，供奉神祇的地方也有說不完的鬼怪傳說。

尤其在台灣東北角海岸邊一間不起眼的小廟裡，因著某次機緣巧合我與一位道行高深的師父（我都稱他「老和尚」）結緣，經由他向我轉述徘徊於陰陽兩界間的靈異事件，讓我又大開眼界（當然不是開陰陽眼啦）。

這些事件大多與到廟裡請求老和尚化解業障的生者與怨靈有關，經過當事人的同意，我盡量把聽來的鬼怪傳說在此還原呈現，希望能讓讀者們在毛骨悚然的故事裡領悟到「輪迴果報」的不變真理，行善積德保平安。尚祈！

鬼古人／己丑年台北含煙樓

CONTENTS

1 遊蕩人間的幽靈

一組在辛亥隧道附近巡邏的警網發現了兩輛停在路邊的計程車，一輛車的司機不知跑到哪去了，而另一輛車裡，躺著兩具頭皮被梳開的屍體，一具的表情痛苦，而另一具則面帶獰笑……

目錄

CONTENTS

目錄

CONTENTS

目錄

CONTENTS

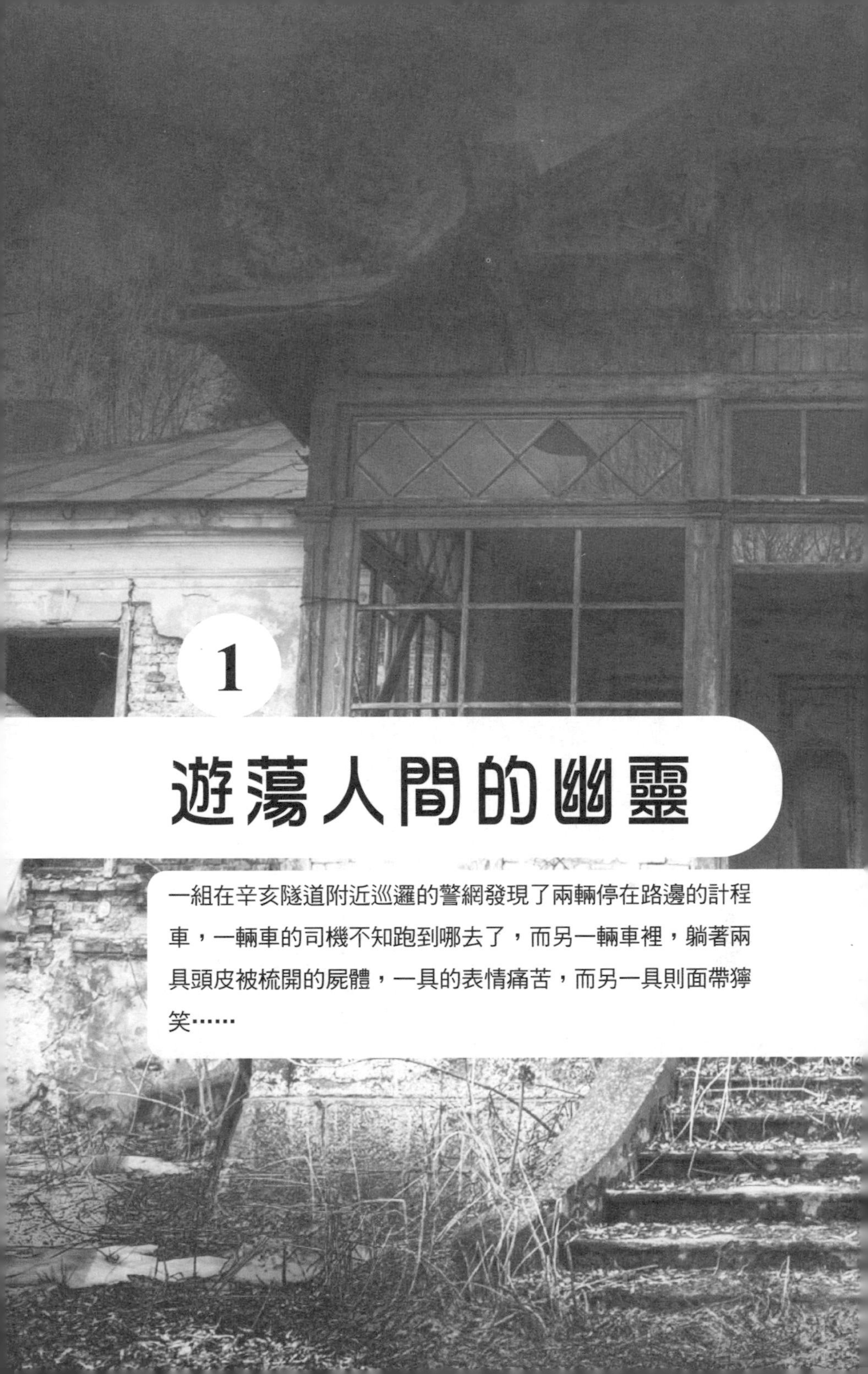

1

遊蕩人間的幽靈

一組在辛亥隧道附近巡邏的警網發現了兩輛停在路邊的計程車，一輛車的司機不知跑到哪去了，而另一輛車裡，躺著兩具頭皮被梳開的屍體，一具的表情痛苦，而另一具則面帶獰笑……

陌生人的梳子

阿輝哼著歌曲坐在自己的計程車裡，他是年輕而富有自信的計程車司機。他擁有著開朗的個性，和迷倒一切女人的俊俏面孔，於是，在整個計程車司機的圈子裡還算是有一些名氣的。

生活唯獨對他不公平的，就是他的大多數活動時間都是在夜裡。他是一個夜班計程車司機。

一個挽著手提袋的時髦女郎，從他的車裡走了下來，來到了一座公寓門前。女郎走了進去，消失在走道的漆黑之中。

阿輝將臉貼在他的方向盤上，看著這棟公寓的入口，覺得有點怪異，雖說不出，但能感覺得到。

阿輝伸手打開了計程車副駕駛座位前方的小抽屜，拿出了一把紅梳子，端詳了一下，在月色的照耀下，紅紅的，有些像果凍，晶瑩透亮，蠻可愛的，阿輝笑了笑，用梳子梳了梳頭髮，便一踩油門，開走了。

不一會兒工夫，一個夜歸的男人走進了那棟公寓，當他一踏入公寓的入口，感應燈便亮了起來。男人便在充滿燈光的樓梯間裡回到了家。

也許這就是阿輝感覺到怪異的地方，為什麼女人在上樓的時候走道燈沒有亮呢？是因為那女人……阿輝的車子停在一家小吃店的門前，搔了搔頭，往小吃店看了看。這家小吃店主要做的是夜班計程車司機的生意，裡面的顧客多半都是開車的。

阿輝瞇著眼睛，哈，老朋友廣福正在那吃飯呢！他笑了笑，今天夜裡的這頓飯就跟他一起吃了。他打開了車門，想了想，又伸手把座位旁邊的紅梳子拿了出來，一邊梳著頭，一邊向著小吃店走了過去。

「嗨，廣福，吃宵夜啊！」阿輝笑嘻嘻的走了過去。

廣福正在吃著一碗麵，聽見有人喊他，頭都沒抬，想說一定是阿輝就喊著說：「老闆，再來碗麵！阿輝這碗麵算我的！」阿輝的人緣可還真不是蓋的。

廣福端起碗喝了一口湯，抬起頭看著剛剛坐下來的阿輝，說：「喂，你在耍什麼娘！堂堂男子漢在眾目睽睽之下梳什麼頭啊！」周圍正在喝酒的計程車司機們一聽，全部開始起鬨了。

阿輝笑著一揚手，算是跟他們打聲招呼，就這麼一個小鎮，夜班計程車司機們大家早就都已經混熟了，所以阿輝才這麼不在乎：「去去，該吃的吃，該喝的喝，別瞎起鬨！」阿輝坐了下來，把紅梳子放進了口袋裡：「不知道為什麼，頭就一直覺得癢癢的！」

「小子，你多久沒洗頭啦！」廣福打趣的問。

阿輝悶哼了一聲：「別以為我衛生習慣很糟，我老婆都還沒娶呢！要懶我也不能耽誤我的青春啊，今天才洗頭的，誰知道怎麼又在癢。」服務生把一碗麵端到了阿輝的面前，阿輝用雙手捧了麵碗，一股灼熱湧上手心，舒服。然後低下頭喝了一口湯。

「阿輝，你不會為了弄頭髮，特地去買梳子吧！」廣福吃完了碗公裡的麵，擦了擦嘴問。

阿輝剛把麵塞進了嘴裡，說話有些含糊：「撿到的！」

「什麼？」廣福沒聽清楚。

阿輝把麵吞了下去，說：「撿到的！」

「撿到的？車上撿到的？」廣福問。

「啊！收拾車座墊的時候撿到的，怎麼啦？」阿輝對廣福的反應有些莫名其妙。

「你最好把它扔了！」廣福一臉嚴肅地說。

「為什麼？」阿輝放下筷子，又把梳子從口袋裡拿了出來，又看了看：「不是還新新的嗎？為什麼要扔！」

廣福一拍大腿：「唉！我從小就聽我媽說，陌生人的梳子不能用，你這撿到的更不行啦！」

阿輝搖搖頭：「不懂！」廣福把嘴貼進了了阿輝的耳朵邊：「聽老哥的話，快扔了，這玩意招邪！」

阿輝不屑：「什麼呀！說得那麼的嚴重，不就是一把紅梳子嘛！」

廣福搖了搖頭：「唉！阿輝啊！你最好聽我勸，扔了吧！」說完廣福一擦額頭上的汗，說：「時間到了，我得走了！今天的油錢我還沒賺夠呢！老弟你慢慢吃啊！我去開車了！」廣福拿起車鑰匙，走了。

阿輝繼續吃麵，完全不理會廣福說的話，才夾了一口麵想塞到嘴裡，但剛張開口卻不自主的將眼神移到了他口袋裡的紅梳子上，廣福老哥的話是真的嗎？

阿輝一甩頭，瞎扯，又開始吃麵了，可是麵剛吃到了一半，他還是想著廣福的話，索性不吃了。阿輝將筷子插到麵碗中，然後使勁的一拍桌子，轉身也走了。

已是深夜，連野貓也知道要回窩睡覺了，更何況天氣還這麼的冷。

廣福將車停在辛亥隧道的停車場邊，躲在裡面睡大覺。一陣猛烈的敲車門聲將廣福驚醒，廣福以為是乘客要坐車呢！連忙揉了揉眼睛，一看，哦，原來是阿輝，不知道這小子把那把梳子扔了沒有，他還挺惦記這事呢！畢竟，年紀輕輕的開夜車不容易。

廣福把車門打開了，然後，自己竄到了副駕駛的位子上：「阿輝，外面冷，進來坐一下！」

阿輝笑著坐進了車裡，然後轉過頭看著廣福。廣福打了一個寒顫，今天阿輝怎麼這麼怪啊！莫不會，莫不會，這傢伙中邪了吧！

想著，廣福將手輕輕的搭到了車鎖上：「阿輝，這麼晚了，有什麼事嗎？」

阿輝沒有說話，還是笑著看他。廣福一見不妙，這小子八成是中邪，於是廣福做好了落跑的準備。

正在這時，廣福忽然感到頭皮發麻了，這到底是怎麼了？廣福往上一看，天啊！只看到，阿輝的一隻手，正拿著那把紅梳子輕輕的給自己梳著頭髮。

廣福冷汗都流下來了：「阿輝，你看，老哥的頭髮這麼短，用不著梳子梳的。」廣福魂不附體的擠出這句話。

「哇！」這時廣福突然發出一聲慘叫！因為，阿輝已經用力的將他手裡的紅梳子狠狠的插到了廣福的頭上，然後狠狠的向下一梳。廣福痛徹心扉的叫喊著。

阿輝一把抓住了廣福想要掰開車門的手，廣福為阿輝出奇大的力氣感到震驚。就這樣，廣福動彈不得，任由阿輝一下又一下梳著自己的頭皮。血從廣福的頭上，順著傷口流下來，活像一條條血色的長髮。

阿輝笑著。他轉而用力的掐住了廣福的脖子。廣福因窒息而扭動著頭，活像一個甩著頭髮的女鬼，終於，他抖動的手腳停止了他的節奏，痛苦的身體也放鬆了下來。

阿輝又一次的笑了，他伸出舌頭舔乾了紅梳子上的血，然後，一下，又一下的用力梳著他的短髮。

第二天早晨，一組在辛亥隧道附近巡邏的警網發現了兩輛停在路邊的計程車，一輛車的司機不知跑到哪去了，而另一輛車裡，躺著兩具頭皮被梳開的屍體，一具的表情痛苦，而另一具則面帶獰笑。

一把紅梳子被扔到了路邊的一個小土坑裡，一隻小狗將它叨走了……

兄弟情仇

我恨我的哥哥。我要殺了他，要他變成和我一樣。我是在一個月前的車禍中死亡的，當時我正和我的弟兄們駕著重型機車在半夜的快速道路上風馳電掣。後來有一個人失去了控制，結果我們一群人就都連環撞在一起了。

我最慘，整個人飛了出去，腦袋都碎了。還好，我很慶幸自己變成幽靈以後並不是一個無頭鬼。

哈！這次事故中我的幾個哥兒們不是沒了腿就是少了胳膊，還有一個半身不遂的，只有我死了。

也好，雖然現在的我不能在夜裡隨便潛到他們家或是醫院看他們，但是我想像得出那種慘狀。我不要那樣，與其那樣，還不如死了的好。

我的魂魄現在只能在我死去的快速道路附近遊蕩，當然即使很無聊我也不能去嚇來往的司機，那樣一定會出事。因為我們的惡作劇而出事，這在幽靈界是不允許的。

我知道一個鬼兄弟，因為連續嚇死了三個司機引起了兩場車禍連帶死了六個人，他就被罰永遠只能在快速道路的上空遊走，無法成為精靈或是天使，也不能去其他地方；只能在最深的夜裡活動，而且永遠只能無所事事地飄蕩。

在我看來，這比在幽靈界死去還要可怕。變成了鬼還能死？是的，可以，那就是真的永遠消失，無所謂肉體和靈魂，精神也永遠消亡。也很可怕。

可是，我還是想殺死我的哥哥。我覺得，我的雙胞胎哥哥就是為了和我對比而出生的。從小，他聰敏、而我最多只能算是無大用的機靈；他學任何東西都比我快，幾乎從動作的敏捷上，人們就能區分出長得一模一樣的我們。

長大了在學校也是這樣，不只是學業，我喜歡的女孩永遠只會對他傾心，沒有例外。所以我恨他，從有記憶開始。你會怪我心胸狹小嗎？算了，沒有經歷過我這樣折磨的人沒有權利指責我。更何況，你何必要和一個鬼講理。

這種對比還不是最討厭的，我最厭惡的就是他裝模作樣的關心。噁心！去你的吧！你優秀，你能幹，那何必再跟我示好！我們不就是為對比而生的嗎？

好啊，我會盡力配合襯托你！你學業優秀，我就永遠不看書；你待人有禮，我就一副粗魯相；你成績好可以考大學，我偏要曠課打架飆車不服父母管束。

不要裝出一副心痛的樣子，我這麼做還不是為了能襯托你的高大形象！火化的那天我去了，去看看我那個沒有腦袋的肉體，也看看在追悼室裡痛不欲生的父母。

是的，我這個兒子的確讓他們非常心碎。可是，你們既然生了我哥，就不該再帶上我這個副產品。現在你們也終於可以鬆一口氣了。可是，當我看到我哥哥的淚水時，我整個地憤怒起來，我幾乎不能控制自己想把整個追悼室搞個天翻地——你在做什麼？誰要你的鱷魚眼淚！媽的！你這個虛情假意的騙子！可是我還是控制住了自己，只是用一陣風吹落了我棺木前的花。那時候，我就決定殺了他，殺了我那個哥哥。

於是今天，我終於找到了機會——我那個幾乎不會深夜不歸的哥哥，竟然駕著我的重型機車在快速道路上狂奔。

此時，我在半空中看著他，看他把車停在路邊，摘下頭盔，靜靜地抽煙。他還會抽煙？哼，平時裝得挺像個乖乖牌，沒看出來，原來樣樣都會呀！

機會來了，他根本就看不見我。我飛了下來，我只需要在他面前搞壞重型機車的煞車裝置……突然，我覺得一雙手在拼命地拽我！

我憤怒地一轉頭「小輝哥哥你在幹嘛？」——是妞妞，如果說這世界上還有女孩是先喜歡上我，而對我哥哥毫無感覺的話，那就是妞妞。她是我的鄰居，比我小兩歲。她六歲那年我們院子裡的大樹下玩家家酒，她做媽媽，我做爸爸。夏天的時候，我抱著她，小心地給她趕著蚊子。

「小輝哥哥，等我長大了，我嫁給你當老婆好不好？」

「好啊……」妞妞也是死在這條快速道路上的，她八歲那年一家人開著車去郊外，遇到了車禍，全家人無一倖免。

我死後不久就見到了她，她已經變成了這條路上的守護精靈，輔助守護天使制止居心叵測的幽靈加害來往的司機。

「小輝哥哥你要幹嘛？」雖然妞妞還是她死去時的八歲小女孩模樣，但是她已經可以把我拽離我哥哥的車子，而懾於她精靈的力量我不得不和她飄了上去。

「小輝哥哥你不開心嗎？」我和妞妞坐在那——是的，是坐，我們可以在空中變成任何姿勢——我默默看著下面還在抽煙的哥哥不說話。

妞妞擔心地拽著我的衣角，轉過她的小臉看著我。

我笑了笑，摸了摸她透明的精靈之翼，然後把她抱了過來。她還是那麼小，小小的身子軟軟的。而我，已經這麼大了，這一切只是因為我們死的時候年紀不同。

死，真的是一件很奇怪的事呀！

「小輝哥哥，你想你的小光哥哥啦？」妞妞低頭看看我哥又問我，我卻不知道怎麼回答——總不能說我是想殺了他吧！

「我知道你想他了，對了，我給你一樣能力，你能聽到你哥哥心裡想的，如果你想他了，也可以用這種能力告訴他。」沒由我說什麼，妞妞就合起了她那胖嘟嘟的小手，然後一團光就從她的手心裡冒了出來，隨後就飛到我的身上。

「好啦，這樣你就能聽到你哥哥在想什麼了，只要你用手指碰到他。守護天使叫我了，我要先離開一會兒，小輝哥哥我一會兒再找你來玩。」妞妞終於走了，我看著右手裡的那一束光苦笑了一下。我把右手背到後面，然後又到我哥哥的腳邊蹲了下去，用左手在重型機車的煞車系統上動了動——我自己的車我還能不知道嗎？

好了，我的嘴角浮上一絲復仇的笑，然後，我抬起頭，看著哥哥。

他看不到我，也不會知道自己的死期已經到了。可是，就在我抬起頭的時候，我竟然發現哥哥正在低頭，我們的眼神在那一刻相撞——天哪！我驚駭得幾乎要飛起來——為什麼，為什麼他是那種可以看到我的眼神！為什麼，他的眼神裡有心痛和絕望，但也有坦然？這是怎麼回事？出了什麼事？難道他也已經死了？我看到的也是一個幽靈……但是，他最終還是把眼神挪開，扔掉了手裡的煙，然後又騎上了重型機車。

謝天謝地，看來是我做賊心虛，產生幻覺了——做賊？哼！誰會知道一個鬼賊是什麼樣子的！

哥哥開始發動了車子，在那一刻，我心中竟有了一絲不忍。可是轉瞬間我就把那種念頭拋開了，我殘忍地跟著他，我要看他是怎麼失去控制的！

不知道他死後看見我，會是什麼感想。我沒有想到，我從沒看過哥哥騎重型機車，可是他的速度變得不可思議地快，快到我這幽靈都有些吃不消。為了跟上他，情急之下我把右手搭在他的肩上「小輝……」我的心一震，可是隨後想起我這是聽到了哥哥心裡的話，這是妞妞給我的能力。

「小輝，你這個笨蛋！為什麼這麼不愛惜自己？為什麼，為什麼要這樣糟蹋自己？你知不知道，從小在我心裡，你就是最聰明的，可是為什麼，你要恨我……」我的手開始發抖，因為哥哥騎的的速度太快了，整個車身都劇烈地抖動起來，幾乎要散架了。

「小輝，我錯了，哥哥錯了。我不應該太愛自己的面子，我知道你當初對我兇是因為你的自尊。我應該不論你怎麼排斥都不放棄，可是我……我好恨自己，小輝，爸爸媽媽好想你，我也想你……小輝，要怎麼樣才能讓你回來，或者，用我做交換……」

「小輝！」這一聲，不是我從哥哥心裡讀出來的，而是他在痛苦不堪地嘶吼。

哥，你怎麼哭了，你怎麼為我這個混蛋掉眼淚呢！你怎麼可以為我這個要殺死你的混蛋弟弟掉眼淚呢！哥！對不起，我錯了，是我錯了。

我到今天才知道自己錯了，可是一切都來不及了……哥哥的身體突然猛地抖了一下，我驀然的想起，他是可以聽到我的話的！可是，就是這一抖，卻讓他的車開始左搖右晃，他開始煞車，可是煞車已經被我弄壞了呀！怎麼辦，怎麼辦！我瘋了似地跟著已經接近失速的哥哥，手已經不能搭在他肩上了。

現在怎麼辦，我必須讓車停下來，可是妞妞不在，必須拖延爭取時間等妞妞回來。怎麼辦……

「小輝哥哥！」如果哥哥可以聽到精靈的呼喊，他一定會認為，妞妞的這聲呼喚是最撕心裂肺的。

妞妞看到了我——此時我已經把整個身體都捲進了重型機車的後輪，只有這樣才可以儘量減慢他行進的速度。

雖然幽靈的身體是無形的，但這也是相對人體而言的，而且我才剛剛變成幽靈不久，我的身體還不足以承受這樣的傷害……可是，我這樣做的結果終於能趕上妞妞回來控制住了重型機車。

哥哥氣喘吁吁地趴在車上，似乎並不清楚自己已經完全失靈的重型機車是怎麼停下來的。

我不疼，一點都不疼，只是能看到自己的身體已經在車輪間被撕裂成一片片，飄飛得四處都是。

還好哥哥看不到——否則他一定會被嚇死，呵呵……妞妞費了好長的時間才把我拼湊起來，可是已經於事無補。

我又要死了，這下，是真的灰飛煙滅，不復存在。

「小輝哥哥……」我費勁地轉過已經破裂得一塌糊塗的臉，看到妞妞把我托在空中，傷心地哭了。

「妞妞……」我覺得自己的力氣已經越來越少，「我看到了，原來精靈哭時，眼淚會這麼好看，亮晶晶的，還一粒粒的，像水晶……妞妞別哭，等你長大了，小輝哥哥等著娶你呢……」

「小輝哥哥你別說了……」妞妞哭得很傷心，那些亮亮的水晶掉落得更頻繁了。我看到自己的右手指，手指尖還有一絲光線。

「妞妞，幫我個忙……」我看到妞妞把我的右手指托在手裡，然後飛到哥哥身邊，放在他肩上——哥，你聽見了嗎？小輝在和你說話呢……哥，對不起，該說對不起的是我，我真的很混蛋呀……你不要再傷心了，有人說，孿生的兄弟本來應該是一個人，所以，請你，請求你替我活下去，好好地活下去。

爸爸媽媽不能再失去你了，替我孝敬他們，也替我好好看看這個美麗的世界……也許人死去後與親人還有機會見面，可是，我連這個機會都沒有了。

但是，至少，我終於明白了一些事；我這個混蛋，也算長大了吧，雖然，並沒有什麼意義……哥，我想爸媽了，也想你……永別了……

別看四樓

有天，某高中生放學習慣抄小路回家，路旁雜草叢生，有點死寂。那條小路幾乎看不到其他學生的身影，小路旁很少有住家，只有少許幾棟房子。

不知什麼時候開始，每當那名學生放學回家又抄那條小路回家時，在某棟建築物四樓的其中一個窗戶裡，都會有一名女生站在那裡，往下低頭站看著他，而那女生每每都會流露出一種非常憐憫、無助的神情。

起初學生是覺得奇怪，他又不認識那名女生，她為什麼用那種表情看著他呢？

一天、兩天、三天……日子就這樣過去，而那名學生也習以為常了，每當他放學走在那條小路上，他都習慣的往四樓看，看那女生是不是又站在那窗口看著他呢？當然，沒有一次她不看他的。

這天放學，學生又像平常一樣抄小路回家，那女生也準時在四樓窗口看著他。回到家，學生換上便服在家裡翻起放在桌上的報紙，翻著翻著，突然被一大篇幅的報導吸引住了。

報導上寫著：某富家千金遭歹徒綁架、囚禁，至今警方仍無法找到千金的下落，下落原因不明。

學生一看完報導，直覺那名千金該不會就是四樓窗戶邊的那名女子吧！難怪那女生每每都用那麼無助的眼神看著他，每天都在同一個地方，同一個窗戶……

「對了！一定是她！」學生慌慌張張套了件外套便往平常經過的小路奔去，一心只想救出那名女孩，也忘了應該要先報警才對！他單槍匹馬就直奔囚禁那女孩的地方。高中生試著摸著門把，輕輕的轉動著……門竟然沒鎖，就這樣被學生打開了。

學生悄悄的進了屋子裡，四周暗暗的，好像沒人住。走到客廳，「咦？什麼都沒有嘛！」學生心想。客廳連一樣東西都沒有，屋子看起來特別大，顯然是空屋。學生開始看向女生平常可能站的那扇窗戶。

天啊！怎麼會是這樣！窗戶前的確是那女生的背影，她依然還是待在窗前……始終沒有離開過……

只不過她是雙腳離地，吊在窗口，也就是每天和他對眼相看，用那非常無助的眼神看著他的女孩已經……已經上吊死了！

屍體還隨著風輕輕的左右搖擺著……難怪她會每次都站在同樣的地方、同樣的衣服、同樣的表情看著他……這學生已經嚇到說不出半句話，跌坐在地上對著那女生屍體的背影。

此時，不知哪來一陣強大的怪風，竟然能夠強到把那女生的屍體翻轉過來，就在同時，低著頭的屍體竟然慢慢的抬起頭來……慢慢的慢慢的……女生的頭已經完全的抬起來，臉上還泛著青光，並對著那學生露出陰森的笑容……

此時學生已經撐不下去了，幸好他沒因此而昏過去，他努力地移動著雙手，朝著大門前進，就快爬到門口時，門忽然「砰」的一聲，硬生生的把他關起來……

從此，學生便失蹤再也找不到。

而據說，吊在窗口那女生是某學校的女學生，她和男友分手後，在傷心之餘的情況下跑到這棟空屋上吊，失蹤那學生是第一個發現她屍體的人。

根據消息，警方曾經到空屋去調查，卻什麼都沒發現，連個鬼影子也沒有。傳聞，後來仍然有人看到四樓會出現那個女學生。但記得，千萬不要和那女生對看，否則……

奪命古畫

這個世界上有很多人都很喜歡古董，喜歡收集古董，把古董放在自己的家裡，用做裝飾或是研究。那麼，你也有這個嗜好嗎？

耀輝一個人在這個繁榮的大都市裡生活，是一家非常知名的醫學中心裡的醫生。

他的個性比較內向，沒有什麼朋友，除了那個張亞明，是他大學的同學，在同一個市區的另外一家醫院當醫生。

高大的耀輝個人經濟條件非常好，擁有一個三房兩廳的住家，都快年屆四十了卻獨缺一個女伴。

醫院裡也有許多女孩子喜歡他，但是不知為什麼，耀輝好像和她們不來電。耀輝也沒有什麼不良的嗜好，但卻聽說有一個特別的愛好，那就是收集古董。

市區的西南角有一條老街，是專門出售古董的地方，老街上有較大的古董店，也有街邊的小攤販，有真古董，也有很多假貨，至於能不能買到真品，全看個人的眼光和運氣了。

這條街是耀輝常去逛的，他常會買一些自認為有價值而又在能力範圍內的古董。

這個星期日的下午，耀輝和往常一樣又來到古董街閒逛，逛了半天，沒有看上眼的東西。於是信步走入街尾的一家古董店，想著如果沒什麼東西好看就回家去了。

古董店裡較暗，這也是各個古董店都有的特色，一來是製造氣氛，二來是易賣假貨嘛！耀輝正看得索然無味，卻好像覺得背後有人在盯著他，回過頭去，卻又不見有人在身後。就在這時，耀輝發現了掛在牆角的那幅古畫。

畫上是一個長髮披肩的少女，耀輝看著她的時候，覺得她的眼睛裡彷彿有光在流轉，好像她也在看著你，而且要看到你的心裡去。

耀輝一下子就喜歡上了這幅畫，心想家裡不是正好缺了這麼一幅古畫嗎？耀輝走近那幅畫，在暗淡的光線下仔細欣賞著，那少女看不出是什麼時代的人，只是穿著一襲粉紅色的長裙，長髮披肩而下，彷彿剛沐浴出來，少女的身後也沒有什麼背景。

畫布是絹質的，耀輝仔細看了看，那畫布顯得很老，卻看不出是什麼朝代的織品。但耀輝確定這是有價值的真貨。

問了價錢後，耀輝想都沒想就買下來了，甚至也不再仔細研究一下，付了錢，拿著畫就快步走出去，叫了一部計程車回家去了。好像生怕古董店的老闆反悔似的。

其實，耀輝確實是怕古董店的老闆反悔。因為那幅畫的開價實在太便宜了，便宜的像是路邊賣的那些印刷拙劣的仿古畫，即使這幅畫是假的，也完全不止這個價錢，更何況這幅畫的質地和畫家的手法，就算是贗品，也應該算是一流的贗品了。

耀輝認為老闆一定是報錯價了。

回到家，耀輝立刻把這幅畫掛在臥室睡床對面的牆上，耀輝一直都想在那裡掛上這樣一幅畫的。

在臥室明亮的光線下，耀輝再次仔細欣賞著這幅畫。白色的絹質畫布已有些發黃了，但那是很淡的黃，對整幅畫的效果沒有什麼影響，可是就是看不出畫布的織法，這種織法是在耀輝對古董的研究範圍之外的。

而畫上少女的神情極為逼真，無論耀輝站在什麼位置上，都覺得似乎畫上的少女似乎也在盯著他看，那眼神裡流露出極度的溫柔和誘惑，像是情人看著你的感覺。畫上的少女也是極度的美麗，帶著淺淺的笑容，彷彿不是人間的女子。

其實耀輝一向對女孩子有點冷漠，但是在畫中少女的注視下，耀輝心裡有種異樣的感覺，如果這畫裡的少女是真人的話……耀輝心裡蕩漾起一種以前從未有過的情欲。

耀輝收起蕩漾的心神，再仔細地欣賞這幅古畫。忽然耀輝有了新的發現，原來這幅畫並不是沒有背景的，只是背景極淡，是用比畫布顏色稍深一點的顏料畫成的白描，再加上畫布由於時間的久遠而變成淡淡黃色，所以背景就更加看不清了。

耀輝走到近處仔細地看著畫上的背景，卻不由愣住了。畫上的背景是一群人！而且是一群男人，一群不同時代的男人！從這群男人的衣著和飾物看來，耀輝一眼看就看出這群男人中衣飾最古老的是隋唐時候的人，還有宋朝、元朝、明朝、清朝的人等，最怪的是有三個人，一個人長袍馬褂，金絲眼鏡，顯而易見是民國初年的衣飾；一個人是一身中山裝，上衣口袋裡還插著一支筆，這種服飾也是顯而易見的，是民國初年到中日戰爭時期的穿著；第三個人更怪，穿著一身軍綠色的軍裝，戴著軍帽，腰紮寬皮帶，但軍裝上卻沒有肩章和帽徽，其實一看之下大家都應該知道，這個人應該是二十一世紀六七十年代的人！那麼，這幅畫應該是在這個時間之後畫的了？

耀輝對此並不是很失望，但心裡卻很疑惑：是哪個畫家有如此的神筆，而又為什麼要畫這麼古怪的畫呢？畫布又是怎樣織出來的呢？讓人看不出織法，卻又能讓才幾十年的東西像真正上千年的古物一般？這人一定是造假中的極品高手了，可是價錢卻為什麼又這麼便宜呢？耀輝邊想著邊數了數畫上的男人，一共是二十一個人。

耀輝帶著疑問細細看著畫，卻忽然一下子愣住了，畫中少女那原本淺淺的笑容，這時候變得詭異神祕起來，彷彿是看透了耀輝的心事一樣。耀輝不知發呆了多久，回過神來，再看少女，一樣是淡淡的笑容。

第二天早上耀輝一覺醒來就向畫上的少女望去，少女仍帶著淺淺的笑容，眼神裡流露出極度的溫柔誘惑。耀輝拍拍自己的頭，昨晚的夢太荒唐了，一定是昨天看畫時想的太多了。耀輝到底做了什麼荒唐的夢呢？原來耀輝昨晚夢見了畫上的少女，而少女在他的夢中，是那麼柔情似水，充滿著對男人的無窮誘惑。

於是，耀輝在夢中禁不住少女的誘惑，不能抑制地拜倒在少女的粉紅色長裙之下。甚至在耀輝早上醒來的時候，還能想起流動在少女身上的那股幽香……此後一連好多天，耀輝都在夢中夢見少女的無限柔情。

耀輝從最初的疑惑，已到了不能自拔的地步。他也曾打電話給最好的朋友張亞明，想詢問一下，但話到了嘴邊又說不出來。而這個古怪的夢對他的身體卻也沒什麼影響，只是讓他老是牽掛著夢中人，有時上著班就想起那些旖旎的情景來，就想快點下班回家去，好躺在床上做那美妙無比的夢。

不久，耀輝已經變得有些無心上班了，甚至連慣常的值夜班也不想去，總想著找個藉口不去值夜班，好留在家裡做那旖旎的美夢。

「如果你要是真人該有多好，我就可以和你永遠在一起了。如果可以和你這樣的美女永遠在一起，死了也是值得的呀！」

耀輝對著畫上的少女喃喃自語著。那一瞬間，他好像又看見了少女露出的詭異而又神祕的笑容，但他已經不覺得了。

這天夜裡，耀輝再次在夢中看見少女時，少女並沒有像往常一樣，她只是站在一扇門的後面，向耀輝輕輕地招著手，門裡發出柔和的金色光芒，這扇門就出現在對面牆上原來掛畫的地方。

耀輝向著門內的少女走去……「砰！」一聲巨響，把耀輝從夢中震醒過來，眼前發出金光的門消失了，四周一片黑暗，而耀輝自己仍然躺在床上，黑暗中，彷彿仍看見畫上的少女微笑著。

耀輝聽了一下，原來又是樓上那對夫妻在打架。耀輝心暗罵著樓上那對夫妻，偏偏在這個時候打擾了他的美夢，要不，就和那少女進了門裡了，說不定裡面有著更旖旎的風景，更誘人的激情呢！耀輝翻身捂住了耳朵，心裡念叨著，快快睡著，快快睡著，他希望那夢境再次出現。這樣還是挺有效的，耀輝不一會兒就又沈沈進入了夢中的溫柔鄉。

耀輝已經三天沒去醫院上班了，醫院裡的同事打了好多次電話，手機關機，家裡電話也沒有人接聽。派人去了他的家，喊破了嗓子，也沒人出來，可能他也不在家。

無奈之下，醫院報了警，並通知了耀輝的父母。警察打開耀輝住家的門，發現門是從裡面反鎖上的，而且耀輝的錢包、他家裡和辦公室的鑰匙、他的手機等，全放在臥室的桌子上，床上的被子沒有折，一看就知道曾有人在睡覺，只是不知道那人什麼時候起床，隨手就將被子掀在一旁，之後似乎就沒再動過，門窗及陽台的防盜網良好，全無被撬的痕跡，屋裡也沒有被盜或扭打的痕跡。那這樣的話，就是說，耀輝是「在家裡」失蹤了！

醫院的同事和左鄰右舍的鄰居完全提供不出任何線索，只有耀輝的好友張亞明說，耀輝在失蹤的前幾天打來過電話，似乎有些問題想問，但最後吞吞吐吐，打了幾個哈哈，又什麼也沒問。張亞明對此並不覺得特別奇怪，耀輝向來是這種人的。

從外地匆匆趕來的耀輝父母更是一問三不知，完全不知怎麼一回事。也有人留意過耀輝收藏的古董，但也沒什麼發現。那幅古畫仍然掛在那面牆上，畫上的少女仍是淡淡的笑著，用極度溫柔和誘惑的眼神看著每個人。

耀輝的失蹤成了懸案。警方沒有任何結果和說法，耀輝的父母在極度的悲傷之下，返回自己居住的故居了，於是先把耀輝的住家鑰匙交給張亞明，請他保管一下，萬一哪天耀輝回來的話……

張亞明於是常常去耀輝的住家看一看，雖然這裡離他住的地方很遠，但也是義不容辭的事情。

來來去去，半年過去了，耀輝沒有回來，警方也沒有更進一步的消息和進展。一天夜裡，張亞明和朋友從夜店喝完酒，微微有點醉意地走出來，已是大半夜了，如果回到自己住的地方可能沒有時間睡覺了。幸好這裡離耀輝的住家很近，張亞明打算去那裡睡一夜，明早起來正好再幫耀輝整理一下住家。

洗完澡，張亞明躺到耀輝的床上，一抬眼，正好就看見了古畫，畫上的少女正微笑著，眼神中流露出極度的溫柔和誘惑。

「多麼甜美的少女，如果能和這樣的女人……」張亞明一邊在心裡下流的想著，一邊隨手關了床頭燈，微醉的他很快睡著了。早上醒來，張亞明還在想著那個極盡下流的夢，他居然在夢中和那畫裡的少女做了那樣的事。

張亞明從床上跳起來，打開窗簾，他要在陽光下仔細看看這幅極盡誘惑的畫。在明亮的光線下，張亞明發現了畫中奇怪的背景，那群古古怪怪的男人！這個背景和畫中的少女多麼不相稱呀。他饒有興致地數了數畫上的男人，二十二人，上面有二十二個男人。再仔細看一下，他發現了那些男人的身上穿的衣物，怎麼都是不同時代的呢？

「畫畫的人，畫技雖然高明，但構思的卻狗屁不通！」張亞明心裡暗暗地說，邊說還邊看著畫中的男人。

忽然一陣冷汗從張亞明的身上冒出來，他毛髮都豎了起來，背上一陣陣地發冷，他想動一動，卻發現渾身似乎都僵了，一動也動不了，他想喊，卻一聲也喊不出聲來。

那種感覺，像是在夢魘中被壓住了一般。畫中少女淡淡的微笑這時已變成了神祕而帶點邪惡的笑，但是張亞明根本無心去理會這些了。

他的眼睛只是定定的盯在一個地方，是少女後面背景上的一個人，那一群男人中的一個！一張他非常熟悉的面孔！那張面孔就是半年前莫名失蹤的耀輝！

絕命散步

每天黃昏，從陽台上望出去，就能看見那對夫妻在散步。那兩個人結婚才半年，新婚的甜蜜尚未過去，還十分親密，散步時男的摟著妻子的腰，很憐愛的樣子。女的看來身體不是很好，瘦瘦的，臉色蒼白，彷彿隨時會倒下，有很多時候她都走不動了，多半是那男的半拖半抱，勉強一起完成例行的散步。

我很納悶，他們為什麼不歇息一下，讓那女的休息一下也好啊，她看起來是那麼不情願走下去。

這天，我又看見他們，從樓下的房子裡出來後，沿著慣常的路散步。那女的走著走著就站住了，男的回過頭來，似乎在勸說她，她只是搖頭，很倔強的樣子。

男的說了一陣，拖著她就要往前走，她忽然伸出一隻手牢牢地抓住路旁的一棵樹，尖銳地大聲說：「我不去散步，我要回家！」

她的聲音那麼大，我在二樓聽得清楚得很。那男的始終是很小的聲音在勸她，勸了一陣，女的不情願地鬆開手，兩人又往前走。

我看見那女的一路走一路掉眼淚，就忍不住大聲說：「喂，你老婆不想走了，就回去休息啊！」他們兩個同時抬頭朝我看來，我覺得有點尷尬，挺了挺身子：「是我說的，這位太太，你身體看來不是很好，就不要散步了嘛。」

說完我才發覺他們的眼神不太對勁。那女的一向體弱，她臉色蒼白也就罷了，那男的看來很健壯的樣子，竟然也是一張蒼白的臉，他們同時呆呆地看著我，用的是一模一樣空洞的眼神。

按理說我幫了那個女的她應該有點感激才是，可是她的眼神裡什麼含義也沒有，只有空洞，還有眼淚一滴滴滑落。

我被他們這樣看得心裡一跳，什麼話也說不出來了。他們互望了一陣，又慢慢地摟在一起，沿著老路繼續散步，兩個人在夕陽下拖了一道長長的影子。

第二天，我剛下班回到家裡，就聽見有人敲門。開門一看，竟然是每天散步的那位太太。她站在門口，全身顫抖，很恐懼的樣子，臉色不止是白，還透出一股青色。她一邊發抖一邊很不連貫地說：「小、小、小姐，我……我可不可以進、進來？」

我其實已經被她嚇到了，很想拒絕，但是看她的樣子隨時都會暈倒，出於人道主義只好讓她進來了。

進門後她立刻跌坐在我的沙發上，好似早已支撐不住了一般，同時將沙發靠墊抱在胸前，努力地深呼吸想鎮定下來。我看她這樣，倒了一杯熱水給她。她喝了幾口水，稍微鎮定了一些。

「發生了什麼事？」我問。

她還未開口，淚水就已經先流下來了：「我不想去散步，我再也不要去散步了。」我覺得很奇怪，這也不是什麼大不了的事情啊，需要激動成這樣嗎？

「不想散步就別散好了。」我說。

她點點頭。其實她長得很清秀，就是一臉悲苦的樣子。

看她的衣著，是很精緻的名牌服裝，生活應該過得很好啊，難道是他丈夫對她不好？可是他們每天散步時又表現得那麼親密，那男的看上去還很體貼。

又有人敲門，我正要起身開門，就看見這女的臉色大變，對我連連擺手。

我覺得很奇怪，從貓眼望出去，門口站著的是她丈夫。

「誰呀？」我故意問。那女的很緊張地看著我。外面的人回答了一個名字，並且問道：「我太太在嗎？」

「我不認識你，更不認識你太太！」我說。

他在門口又站了一會兒，就慢慢地下樓了。那女的鬆了一口氣，感激地說：「謝謝你！」

「怎麼回事啊？」我問。

其實不想過問別人的家務事，但是到了這個地步，不問一聲反而顯得冷漠。她尷尬地一笑，什麼也不說。又坐了一下，天已經黑了，過了往常散步的時間，她便起身告辭。我將她送到門口。突然從一旁閃出一個人影，一把拉過她的手臂：「秀靈，你怎麼躲在這裡，快跟我去散步！」是她的丈夫，一天不見，這個男人的臉色益發蒼白，簡直有點透明了，身體也似乎單薄了很多。

他蒼白修長的手指緊緊抓著秀靈一隻胳膊，秀靈拼命掙扎，求援地看著我：「我不要散步，我不要去散步！」然而男的毫不讓步，一步步將她往外拖。那時候天色已黑，走廊裡沒有開燈，只有我屋內的一點燈光反射在他們身上，那男人的皮膚透著詭異的蒼白，牙齒和眼睛都閃現出邪靈般的銳利光芒，頗為猙獰可怖。

女的在他手裡不斷掙扎，黑頭髮披散了一肩，有說不出的可憐。我實在看不下去了，上前攔住他們：「先生，你太太不想散步，你沒看見嗎？她哭了！」

男人看了一眼他太太，眼神中閃過一絲憐惜，但緊握的手絲毫不放鬆：「秀靈，不管你多麼累，都要陪我散步，我們說好的。」

「不，不要！」秀靈撲過來，一隻纖細的手抓住我，向我求援。她的手掌心裡全是冷汗，看來是緊張極了。我覺得他們實在太怪異了，散步明明是小事一樁，為何弄得如此嚴重？我本能地握住秀靈的手。

那男的看我一眼：「小姐，我們的家務事你不要過問。」他這話說得我一楞：的確，人家的家務事，我瞎攪和什麼？我不由鬆開了手。那男的立即過來拉住秀靈的手掌，不經意間我碰到了他的手指尖，似乎是一陣極冷的陰風從我手上掠過，又彷佛一根冰棍從我指間穿過，是的，穿過，當時那種被他手指穿透的感覺非常清晰，令我不由自主打了一個寒噤。

此時秀靈已經被拉下了樓梯。黑暗中看不見她怎樣了，只聽見她在不斷哀求和哭泣。

後來的幾天，他們依舊在黃昏時出來散步，秀靈有時候會仰頭望我一眼，眼裡總是含著眼淚。她丈夫依舊是那樣關懷體貼地摟著她。

這天，他們經過我的陽台時，突然一陣風吹過，那個男人有一短暫的瞬間雙腳離開地面，彷彿是被風吹了起來一般。

秀靈一把將他拖住，然後四面看看，看有人發現沒有，我趕緊躲到窗簾後頭，等他們遠去才悄悄探頭，後背不知什麼時候已經被冷汗濕透。只見夕陽餘暉下，他們兩個人幾乎重疊在一起，越走越遠。

我這時才終於看明白，那男的並不是摟著妻子，而是妻子一直拉著他，不讓他被風吹走。

這是怎麼回事？那男的為什麼如此容易被風吹走？難道他是鬼？我被自己的想法嚇了一跳，趕緊停止思考，打開屋內所有的燈。

第二天，他們又經過我的樓下，我不敢再站在陽台上，怕被那男的發現。但又實在忍不住好奇心，還是躲起來偷偷地看。秀靈突然抬頭看了一眼，似乎是在看我，然後她回頭小小聲的跟那男人說了句什麼，男人很高興地笑了。

其實他笑起來很好看，就是臉色太不健康。就在他笑的時候，秀靈突然猛力掙脫了他的擁抱，往前一衝——我們大樓前是一條大馬路，車來車往的很多——秀靈一衝出去，就撞上了一輛急速行駛的大貨車，整個身體飛了出去。

我再也忍不住尖叫起來，我相信秀靈一定是故意的。等我衝到樓下時，那男的已經站在秀靈身邊，臉上一點也不悲傷，彷彿很高興的樣子。他的身體真的是向紙板一樣薄，在風中飄動。我這時已經顧不得恐懼，走上前看秀靈究竟怎樣了。秀靈正坐在地上發呆。挨了那麼重的撞擊，她卻好像沒受一點傷。我怕她是受了內傷，就要打電話叫救護車。

那男的攔住我，微笑著說：「不用了，她沒事。」他的微笑有幾分迷人的樣子，身體，竟然正在越變越淡。秀靈慘白著一張臉，呆呆望著他，突然衝上前抱住他，喃喃道：「怎麼會這樣?怎麼會這樣?」

男人的身體還在淡去，夕陽餘暉的紅穿透他身體，顯出朦朧的顏色。

他無比憐惜地看著秀靈，就彷彿這一生都沒有看見過她一樣。我本來是很害怕，但他們這種美麗而哀傷的神情吸引了我，讓我忍不住停留在原地。他們好似沒有察覺到我的存在，就這樣互相看著。那男的說：「秀靈，我要走了。」

「為什麼？」秀靈仍舊是有點發呆。

「你還記不記得三個月前你突然發高燒？」男的說：「其實你得的是絕症，醫生說你只有兩個月的時間了。我們都沒有告訴你。秀靈，我捨不得你，我捨不得讓你這麼年輕就死去，幸虧，我遇見一個有法術的人，他告訴我，只要這三個月的每個黃昏陪你散步，並且散步的時候用掌心貼住你的腰，就能將我的生命過繼到你身上。所以在你那麼疲倦的時候我也要拉你來散步，不是我狠心，真的。今天正好到期了。」

他說話的時候秀靈一直痛哭著搖頭，等他說完，她終於大聲哭喊道：「不是這樣的！」她彷彿有千言萬語要說。但是那個男的只來得及對她露出最後一絲微笑，就消失不見了。秀靈瘋狂地在附近尋找了許久，終於頹然坐下。她坐了很久，我怕她會想不開，一直不敢走開。

「小姐，」她突然開口對我說，眉間一抹淒然的神色，「我是世界上最狠毒的女人，你信嗎？」

我趕緊安慰她：「你其實不知道實情，怪不得你……」

「不是！」她大聲打斷我的話，「我早知道。從醫院出來我就知道了。我偷聽了他跟醫生的談話。然後，」她渾身一顫，「我也碰見了那個有法力的人，他說只要我丈夫每天黃昏陪我散步，將手掌心貼在我的腰上，就能將生命過繼給我。我那時候哪怕有一線希望也要試試，因為我實在怕死，怕死後的黑暗。我，我提出要和他散步，他立刻同意，我要他將掌心貼在我身上，他也立刻同意，我那時還以為他聽話，哪知他早知道這件事，是他主動要把生命給我的！」她說不下去了，痛哭起來。

「後來你不想要他為你犧牲了，所以你再也不肯散步，今天甚至想以自殺來阻止他，是嗎？」我問。

她點點頭：「可惜太晚了，太晚了！他的生命已經和我的生命交換了，我那一撞，將他最後的生命也撞掉了！在這個世界上，再也找不到一個明知我是要他性命、卻依舊甘心情願犧牲的人了。」

我無言。夕陽落盡，這世界在黑暗中顯得十分孤獨。

死亡同學會

畢業後，就很少再見到過去那幫老友了。人生在世時光匆匆，能再相處的日子如同我的頭髮一樣在不斷減少。

人生不該留下遺憾，所以大家有機會就該聚一聚，也可以緬懷過去。由於種種不以人的意志為轉移的原因，這念頭彷彿我親吻戴安娜王妃的願望般可望而不可及，一直沒機會天時地利人和地達成夙願——一直到那一天。

電話忽然的響起，我接聽後，意外之至——是中學時的朋友，班長！

「好久不見了，還記得我啊！」他說道。

「這是我要對你說的吧！我好想你啊！最近過得怎樣？」我興奮地大說特說滔滔不絕，青春時代的往事歷歷在目，像放電影一樣開始在腦中重播，讓我激情澎湃。

「也就那樣嘍，整天累死忙活的……電話裡怎麼聊得爽！」

「對啊！大家好幾年沒見了吧，該聚聚啦！我早想辦個同學會了，要不是一直沒空的話……」班長的電話引起了我的感慨，我感到不能再拖延這一計劃了，趁機提出。

「對對，就是你沒空。你還不知道吧，前年我們這班中學朋友就辦過一次聚會了，叫什麼叫，我們也有通知你啊，你他媽的跑去出差了！那次就少你一個，您老真是貴人事忙啊！」班長半嘲諷半調侃地道。

「是嗎？原來我已經錯過一次啦？靠！這可不行，你們得好好和我說說上次的事，真不巧那時居然去出差了……那這次我絕對不能再錯失良機了！」我才知道自己曾因失誤出局，彷彿剛買好一支股票就發現它開始卯足勁狂跌般後悔莫及，於是下定決心頭可斷血可流這次聚會不能溜。

「OK……既然你想聚聚，那交給我吧，我負責聯絡所有人……上次也是我搞定的。」

班長大義凜然地將重責大任主動攬下，省了我不少事。因為以前的朋友們現在居住在兩岸各地，要聚集他們難度不比尋寶小。還是班長本事大、面子足、號召力強，這一定與他當年累積的好人緣及如今的輝煌事業有關。有他出面，一定萬事ＯＫ！於是，我心安理得地準備坐享其成。

結束了這次通話，我熱切期盼著那個聚會日的到來。

和我居住在同一個城市的老同學一個都沒有，班長的居住地和我相隔也甚遠，這讓我開始猜想聚會地點會選在哪裡。這可是很難決定的，無論如何都會讓大家大傷腦筋。不過，同學會是如此有意義的事，就不拘小節了吧！他們前年不也辦過了？其實應該也不會難到哪去。就這樣，過了大約一周，我又接到了班長的電話，慶幸的是報喜而不是報憂：「都搞定了！呼，真不容易啊……怎麼樣我夠朋友吧！全部人都約到了，上回就少你一個，這次完美無缺了。」

接下來，他把時間和地點告訴了我。竟然就在這個周末，而且就在我住的地方！我不禁感歎班長真是太神通廣大，不去開個什麼「為您解除疑難雜症」之類的公司實在浪費人才、暴殄天物……

周末我沒有應酬，就算有我也都推掉！大家竟然這麼照顧我而會合到我的地盤來，如此盛情我真是無以為報……不過，話又說回來，既然定在我熟悉的地方還另外找什麼地點，直接聚到我家來不是更方便、更省錢嗎？大家也太見外太客氣了吧！

於是我決定，見面後硬拉也要再把他們全拉來我家，大家玩個夠，通宵達旦……周末很快就到了，我心情激動無比，彷彿要去相親、要去登台作秀、選美般瘋狂梳妝打扮一番後，才開車出門。

美夢成真的快感實在太充實了，真的，一點都不誇張，我就是那麼興奮！二十年啦！班長指定的地點，是我們這地區一家很熱門的KTV。據說他已經包下了一間很大間的宴會包廂。豪爽！我想我們有必要付錢給他，但他必然闊綽大方地拒絕……人未到，我心已至了。

路上，我很自然地想知道朋友們是否都已到了，自己遲到就不好了——雖然今天我起得這麼早，不可能遲到，也算和他們先聊為快吧！

他們的電話號碼我不知道，手頭只有班長的——他並沒有留給我什麼號碼，是他打來我家時我的來電顯示記錄下的。

本來我這幾天就想給他打電話，但那時人家正在為我而忙著聯繫同學，我怎麼好意思再去打擾他？好像催促他似的。所以忍住了，現在打就名正言順了。那是個手機號碼，可是接聽的是位女性，一定是班長夫人了。我對她說了我找誰。

「沒有……這個人了……」對方一聽我的話反應劇烈，竟然哽咽了起來，然後迅雷不及掩耳地開始抽泣了。

我大感不妙：「怎麼了？他出事了？」

「你是他朋友嗎？你怎麼會不知道呢……他……前年就已經過世了……車禍……」班長夫人的哭聲分貝越來越高。

晴天霹靂！不可能！我這兩天還和他通過電話！而且我現在正要去赴他也會參加的同學會！我大聲抗議對方亂放厥詞，但對方泣不成聲的表示令我變得半信半疑，這種說服力實在太強了。

掛了電話後，我還是分析了此話的無稽。但心頭竟已陰影盤踞，我發現我竟有點信了！

我冷靜了一下，乾脆進行逆向思維分析：要是班長真的早就死了，那麼一直和我聯絡的那個就是……一念及此，我就全身冒汗。那麼，今天這個同學會又是怎麼回事？真的假的？我難以抑制強烈的好奇心，於是仍決定前去赴約。

一路上我甚至想，是否班長太過寂寞和懷念人間而聚集我們？或者他要害我們？再或者根本沒有什麼其他人，只有我一個人去……送死？

越想越可怕，幾乎導致車禍……轉念往好的方面想，剛才那不過是一個荒唐玩笑，是假的，假的……這樣想也能通啊，但，真相畢竟還是百聞不如一見！到了那家KTV了！

停好車，我猶猶豫豫欲行還羞戰戰兢兢地走了進去。詢問過服務台，被告知「預約的客人們大部分都到了」再問及訂房者的姓名，的確就是班長！費用是當天繳納的，據說足以維持三天的開銷，已經全部收到（否則也不會留有包廂了）。我問，那麼班長本人到了嗎？回答沒有。

於是我鎮定了些，我走向那包廂。到了門口站在門前，裡面傳出人聲鼎沸，熱鬧異常，的確是聚會的好氣氛，任誰也會因此深信不疑這正是健康快樂的同學會的典型。

儘管如此，打開門的剎那，我還是對即將闖入眼簾的一切作了種種可能的猜測。彷佛老師進入教室，包廂裡忽然安靜了下來，在我面前的是一張張在歲月這家整容院的劣質服務下變得陌生滄桑乃至面目全非的臉孔，但我分明地能在那上面看到我最熟悉記掛的影子——阿強，玻璃，毛拉，機車，大西，麻豆……

許多曾經的愉快或不愉快的回憶更加清晰地在我大腦中迴盪，那一刻我瞬間返老還童回到了二十年前一起走過的日子，熱血劇烈沸騰，想叫喊卻彷彿有東西噎住喉嚨……

也就在這時候，我的耳膜完全地被再度騰起的喧鬧所佔據……

「是蛋黃！蛋黃來了！我認得出來！是他！」……諸如此類的話語彷彿海嘯鋪天蓋地，「蛋黃」，多少年沒有聽人家這樣稱呼我了？這外號比什麼稱呼都更親切，更溫暖……我的朋友們，我的朋友們全都在這裡！那時，我早把班長的事扔到外太空去了。

我迎上向我走來的朋友們……場面之溫馨快樂，真是非筆墨所能形容，腦海的感觸和現實的記憶詳細寫來就是一長篇。暫此不表。

熱情洋溢的見面過後，威士忌興奮地說：「這一來，只差班長了！」如此普通的一句話可謂煞光天下風景——對我而言，不到十分之一秒的時間我那暫時塵封打入冷宮的記憶馬上復甦並肆虐，將腦中剛駐紮的快樂毫不留情驅逐出境。我那反差過大的表情顯而易見。

「喂，你秀抖啦！」阿強捶我。

我冷靜了一下，緩緩說：「剛才我打電話給班長，他太太接的……他說……

班長早就車禍死了……不知道是不是開玩笑？」我的話沒有預料中那樣引起大家的嘲笑謾罵，而是全部安靜下來。

這讓我感到意外，他們竟然全都相信？為什麼這麼爽快？沒等我表示，小燕先開口了：「我們知道……他真的已死了……我們也都見過他……」我幾乎跳起來並震驚的問：「什麼！」我不敢相信她的話，也不能相信！但，不可能全部的人都一起耍我……我還僅存著的一點判斷能力將這實情冷酷地告訴我。

「蛋黃，難道你不想見他嗎？」芹菜問。

「我……想見……但他是鬼？他是鬼啊！」我叫著，忽然手機響了，班長！

「蛋黃，你們都到啦！哎呀呀我遲到了，我馬上就到了！」班長那熟悉的聲音再度出現。我再也無法忍受這比日本相撲更沈重的打擊！

「他是鬼啊！他要來這裡了！我們快走吧……走吧！……我先走了……」

我急著把門推開。但阿勳把門一把關上，我惱怒地看著他，他緩緩的吸了一口氣，一字一句地說：「班長是前年車禍死的……就是我們開同學會，唯獨你缺席的那次。」

我發現，不知什麼時候起，所有人的臉都呈現了一種青灰色……

「當時，我們全部都在那部車上……」我癱倒在了地上，我克制著自己沒有昏倒過去，我怎麼也想不到我來參加的是這樣一個同學會！

嚴田從眾人中走出，走向我，我失聲驚叫：「不要靠近我！不要靠近我！」

嚴田哀怨地說：「蛋黃，難道不是你很想見我們，才叫班長召集我們辦這個同學會的嗎？」

「蛋黃，還記得這個嗎？」

小雲揚起手裡的一本書樣物，我看清楚那是一本同學通訊錄，就是在朋友們各奔前程時相互留下祝福和各類資料的那種普通而珍貴的東西，小雲攤開的那一頁，正是我所書寫過的——在正中央，醒目的寫著「友誼永固」！

我看見朋友們紛紛拿出他們帶來的通訊錄，打開的那一頁也無一例外的是我寫下的「友情萬歲」、「友情永存」……我的手不由自主地伸進我的背包，我也拿出了帶來的通訊錄，默默翻著，我每一個朋友的照片和留言在眼前閃爍著……零蛋、老菜、小林……「友情萬歲」、「友情萬歲」……我的眼眶不自覺已經濕透……

眼前的都是我的朋友，我的青春回憶……我不是一直很渴望見到他們嗎？

我不是很期待一次同學聚會嗎？我還在驚詫什麼呢我……

無須言語，我的反應已暴露我的內心世界。模糊中我可以看見朋友們又恢復了剛才和過去的親切表情，我最珍惜和懷念的表情。

門忽然打開，班長帶著一臉的歉意和笑意進門：「對不起、對不起！我遲到太久了……」他看見我們都站在原地，每個人的表情，包括我的，都告訴他曾發生了什麼事以及現在是什麼情況。

他對我笑了一下，那是為隱瞞真相而抱歉和為得到諒解而由衷欣喜的笑容。我知道他和大家的笑蘊涵著一種什麼情感，這情感對我意味著什麼。

我攬住他的肩膀：「當班長的還遲到？以前你害我們罰站，今天我們先罰你三杯！」

班長開懷笑道：「好啊！放馬過來！」他的笑聲像從內心深處發出，豪邁而舒暢。許多人大聲附和：「三杯哪夠？三百杯！不醉無歸！」

朋友們的喧鬧三度響起，相較之前有過之而無不及。我想我是最瘋的一個。當天，我們真的全部醉了，醉得很徹底，不省人事。二十年來，這當之無愧是我最快樂的一晚。就好像酒，只有經過時間的醞釀才更加芬芳，猶勝當初。

我在包廂裡清醒時已是次日凌晨，我朦朧的看著四周已沒有任何朋友的身影了。我知道，他們全都「回去」了。

我意外發現我的通訊錄上原先剩餘的幾頁空白，不知何時已被填寫得密密麻麻被簽名和祝福語充斥，對照從前的那幾頁，相同的留言者，不同的筆跡，當然，最永恆的事物依然永恆。

這一天一夜裡，我臉部的表情即使是諾貝爾文學獎得主也難以充分貼切地形容其之萬一。我心滿意足地離開了這家KTV。

而這家KTV，從此人心惶惶地傳說著一個鬼故事：有超過五十個人進了一間包廂，除了一個人以外其他的就再沒見出來。而那包廂早已空無一人，彷彿從未有人光臨過一樣……而KTV的收銀機裡無緣無故出現的大量冥紙，為這一鬧鬼事件提供了有力而恐怖的證據。那家店生意因此一蹶不振，員工紛紛請辭，最後只好關門大吉。

要是有人對這題材有興趣，可能會加工想像一番去寫個鬼故事，也許還會命名作《死亡同學會》吧！管他的呢，這都與我無關，我現在只是老盤算著，什麼時候再來辦一次同學會。

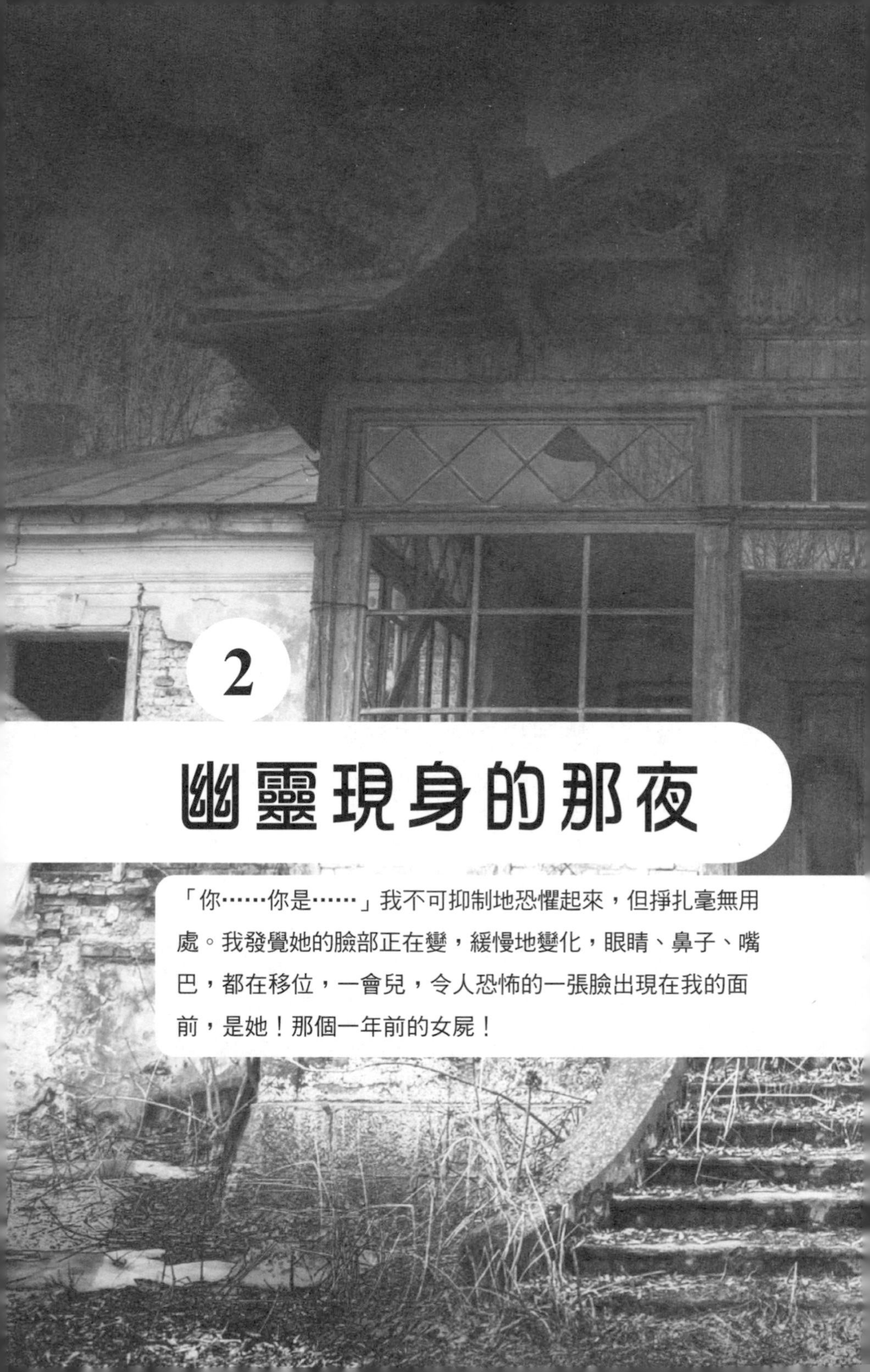

2

幽靈現身的那夜

「你……你是……」我不可抑制地恐懼起來，但掙扎毫無用處。我發覺她的臉部正在變，緩慢地變化，眼睛、鼻子、嘴巴，都在移位，一會兒，令人恐怖的一張臉出現在我的面前，是她！那個一年前的女屍！

解剖刀劃過時

在沒轉行做藥品銷售經理之前，我曾是醫學院的一名解剖學講師。我轉行，並不是我在這一行做得不好，事實上，我的課上得相當出色，如果我沒有放棄，我想現在大概可以升到副教授的位子了。

迫使我離開大學講台的是心理因素，因為我討厭死人，懼怕死人。那是一種深不可測的恐懼，就像一枚會流動的寒針，從你的腳底心鑽入，透過血液循環在你的體內遊走，你不知道什麼時候會到達心臟，可能是半年，可能是一個月，也可能是一分鐘。

同樣，我不知道「它」什麼時候會再來，但我感覺，「它」離我不遠，「它」還在某處窺視著我，隨時等著殺我。

事情還得從三年前的一堂解剖課談起，對於學生來說，也許這節課是他們一生中最難忘的一課，因為第一次現場全屍解剖總是給人極其強烈的印象，我已經強調要做好心理準備，但還是有人嘔吐了，在之後的三天內，很少有人去買肉食，特別是炒豬肝之類的葷菜。

這次的屍體是一名年輕的女性，這在醫學院是個異數，因為屍體的奇缺已經成了各大醫學院校共同的難題，得到的屍體大多是年老病死的，器官都已衰竭。

就算這樣，全屍解剖課常常還是一推再推。因為按照當地的習俗，即使病人生前有志願獻身醫學事業，死者的兒女也往往不允許，認為是褻瀆了死者。

所以，每一具屍體都是一次難得的實習機會，年輕新鮮的更是極其珍貴。

女屍靜靜地躺在解剖台上，課開始之前，屍體上一直蓋著白布，我照慣例向學生講了注意事項，以及屍解在醫學上的重要性，最後要求他們以崇高尊敬的態度來看待屍體。

學生們的眼神既好奇又有點恐懼，但誰也沒出聲，像是等著一個極其嚴肅的時刻。

白布掀開了，有幾個學生發出輕微的唏噓聲。這是一具很年輕的女屍，大概只有二十五、六歲，聽說生前是一位祕書，因為感情問題而割腕自殺，她的朋友從她的遺物裡翻出一張捐獻遺體的志願書，是學生時期填寫的。

年輕人一般很少會考慮這類事情，她為什麼會有這種志願？這也許永遠是個謎。

她並不是一個很美麗的女人，眼眶有點下陷，可能在她生前的一段時間承受了很大的壓力。她閉著眼睛，神態很安詳，就像熟睡了，完全沒有一般屍體僵硬的死相，也許死對她來說真的是一種解脫。

學生們都睜大眼睛盯著解剖刀，我凝了凝神，終於把刀片從喉下用力向下劃去，鋒利的解剖刀幾乎沒有碰到什麼阻力，就到了她的腹部，就像拉開了鍊子，我們可以清晰地聽見解剖刀劃破皮肉時那種輕微麻利的滋滋聲。

由於體腔內的壓力，劃開的皮膚和紫紅的肌肉馬上自動地向兩邊翻開，她原先結實的乳房掛向身體的兩側，連同皮膚變得很鬆弛，用固定器拉開皮膚和肌肉後，內臟完整地展現在我們面前。

到了這個步驟，我已經忘記了面前的屍體是個什麼樣的人，其實這已經都不重要了，重要的是怎麼讓學生牢牢記住人體的結構，這將對他們以後的行醫生涯產生深遠的影響。

內臟器官被一件件地取出來，向學生們詳細地講解，剖開後，又講解結構。內臟完全被取出後，那具女屍只剩下一個紅紅的體腔。課上得很順利，雖然有幾名學生難受得臉色發青，幾乎所有的人都有些反胃，但他們還是承受住了考驗，並不虛此行。

學生們離開後，解剖示範室只剩下我一個人，白色的燈光強烈地照在解剖台上，反射出刺眼的光芒，我開始把取出的內臟一件件安置回原先的位置，然後用線一層層把肌膚縫回原樣。

學校的大鐘重重地敲了五下，我把蓋在女屍臉上的方巾取下，這時候，恐怖的事情發生了！那個女屍猛然睜開了眼睛，惡狠狠地看著我，嚇得我差點跌倒在地上。

我戰戰兢兢地站起身，發現這並不是幻覺，她睜大著圓滾滾的眼睛，盯著天花板，神態也不似剛才般安詳，而是一臉怒容。

但她確實是死的，我壯了壯膽，上去仔細地檢查了一番，終於找出了合理的解釋，也許是生物電的原因，是解剖的過程引發了某種生物電的神經反射。

我把她的眼闔上，把白布蓋了回去，出了解剖室。之後的幾天，女屍的眼睛一直在我的腦中迴盪，我並不是一個靈異論者，但不知為什麼，那雙眼睛就像幽靈一樣纏著我，我總是想著她為什麼會在這時候睜開眼睛，而且，那眼神，我後來回想起來，彷彿傳達著某種訊息，並不完全像死人空洞的眼神。

三天後，我瞭解到那具女屍已經火化掉，骨灰由她的父母帶回了遠方的家鄉。一年過去了，我似乎已經忘掉了這件事情，在這期間，我交了一個女朋友。我們是在一個雨夜認識的，那晚我從學校開完會回家，雨下得很大，路上沒有一個人，一時間又叫不到計程車，只能撐起雨傘獨自趕路。

走著走著，我忽然發覺身後多了一個人，總是不緊不慢地跟著我，我心裡有些緊張，要是這時候遇到搶劫犯就慘了，便故意加快了腳步，那個人也加快腳步，仍然跟在我身後四五公尺的距離。這樣走了很長的一段路，我終於忍耐不住，回過身來看個究竟，但結果出乎意料，原來跟著我的竟是一個穿著黃雨衣的纖秀女孩……我們面對面站住。

「你為什麼跟蹤我？」我問她。

「對不起，我，我一個人趕路覺得害怕。」她怯生生地看著我。

我鬆了一口氣，笑道：「那你怎麼知道我就不是壞人？」

她跟著笑了，說：「因為你像個老師，老師很少是壞人。」

「呵！你猜對了，我本來就是個老師，不用怕，我送你一程吧！」我陪她一起走路，一直把她送回家。

那晚之後，我們經常在回家的路上遇到，慢慢地就熟識起來。我一直不敢告訴她我教的課程，所以她只知道我是醫學院的老師，對於我的工作性質一點也不瞭解。有一天，我終於對她說，我是人體解剖學講師。她並沒有像我想像中的那樣驚訝和害怕，反而顯露出強烈的好奇心。

「你說，解剖刀劃過時，屍體會不會覺得疼？」她問，並一本正經等著我的回答。

「怎麼會呢？人死了就沒感覺了。」

「你怎麼知道它們沒有感覺？」

「現代醫學確定死亡的標準是腦死，腦神經死亡了，任何對神經末稍的刺激也都失去了效用，人當然沒有了感覺。」

「這是活人所認為的，可是事實也許不是這樣。」她執拗地說。

「別瞎想了。」我笑著說。後來，她不止一次地問起過這個問題，每回答一次，我的腦海裡就像被鐵鉤勾起了什麼東西，但馬上又沈了下去。她還是經常問我同一個問題，我漸漸感到有一種莫名其妙的恐懼感愈來愈重地壓來，我甚至有些怕見她了，但細想起來，又沒有什麼特別奇怪的地方，我猜想可能因為經常接觸屍體解剖，心理壓力過大的原因吧！

直到有一次我無意中的發現，我才知道問題的嚴重性。那晚我去她的宿舍找她，她不在。門虛掩著，我坐在沙發上等著她，等得不耐煩了，就站起來在她的書桌上翻看，準備找一本雜誌消遣，沒有什麼好看的雜誌，我隨手拿過一張舊報紙，一不小心，從夾層裡飄出一張紙落在地上，是一張舊得有些發黃的紙，我的神經一下子繃緊了，我好像在哪裡見過這張紙。

我撿起那張紙翻過來，驚懼地睜大了眼睛，原來，這是一年前我解剖過的那具女屍生前的自願表，在屍體移交到解剖室之前，我曾經在上面簽過字。

沒錯！我的簽名還在上面，可是它怎麼會出現在這裡？我有點恐慌，急忙打開舊報紙一看，在社會版裡，赫然就是《上班女郎為情自殺》的社會新聞，報紙的日期正是我解剖屍體的那天。

我像是掉入了冰窖中，陣陣發冷，感到這個房間突然有一種說不出的陰森恐怖。這時候，我聽到走廊裡傳來清晰的腳步聲，是高跟鞋的聲音，一步一步地朝這邊走過來，我一時不知道該怎麼辦才好，只好硬著頭皮等著她的出現。

那腳步聲到了門口，突然停住了，我沒有看到人，但我彷彿感到她就站在門口盯著我，我的腳有些發軟，卻不敢動，不一會兒，高跟鞋的聲音又響起來，越來越遠，終於消失了。

我發瘋似地跑回家，冷靜了幾個小時，我的腦中急速的旋轉，怎麼可能會這樣？也許她只是那個女孩的同學或同事，或者是好朋友也說不定，那麼保留這些東西也不奇怪，還有，那串腳步聲也許只是樓下傳來的，一切是我的神經太過敏了。

我的心裡稍稍安定了些，打手機給她，希望能查個水落石出。

手機沒人接聽，我拼命地打，但都是長音。她越不接聽，我越是感到恐懼。

不一會兒，門外忽然傳來腳步聲，跟在她那兒聽到的一模一樣，高跟鞋踏在水泥地板上的清脆響聲。我的心砰砰直跳，大氣也不敢出。

「咚！咚！咚！」有人在敲門。真的是她，她來找我了！我躊躕再三，終於說服自己打開了門。

「是妳呀！」我說，喉嚨有些發澀。

「是我。」她說。

「晚上我去找過妳，妳不在。」我退後幾步說。

「我出去辦點事情了！回來時發現你來過。」她說。

「是嗎？」

「你幹嘛老是打我手機？」她說。

「我……我怕妳出事。」我說。

她笑了笑，說：「今晚我住在你這裡好不好？」

我想讓她走，但又說不出口，我們認識這麼久，她從沒讓我碰過她的身體。

我心想也許真的是我多疑了，她的相貌與那女孩毫無相似之處，又怎麼會有關係呢？

「我先去洗個澡！」她說著就朝浴室走去。

「好吧！」我讓到一旁。我坐在客廳裡，聽見裡面沖水的聲音，心裡忐忑不安，但總是勸說自己不要去想那些怪事，也許只是巧合罷了。

她穿著睡衣走了出來，坐在我對面的沙發上。我們相對無言。

「我來幫你按摩吧！」她笑著走到我背後，輕捏我的肩部。

「你說，解剖刀劃過時，屍體會不會覺得疼？」她突然問。

我一下子從沙發上跳起來，喊道：「妳，妳到底是誰？」但頸部一痛，像被重物擊中，就失去了知覺。醒來的時候，頭痛欲裂，發現自己的手腳被綁在了床上。我看到她站在床前，憤怒地看著我，那眼神！我想起來了，那眼神跟那具女屍一模一樣！

「你……你是……」我不可抑制地恐懼起來，但掙扎毫無用處。我發覺她的臉部正在變，緩慢地變化，眼睛、鼻子、嘴巴，都在移位，一會兒，令人恐怖的一張臉出現在我的面前，是她！那個一年前的女屍！

「你說，解剖刀劃過時，屍體會不會覺得疼？」她再次厲聲問我。

「也……也許會吧！」我顫抖著說。她慢慢地解開睡衣，我從來沒有感到過如此噁心，她的身體從頸部以下，只是一個空殼，早已沒有了內臟，露出紅紅的體腔。

「你說，我疼不疼？」她憤憤地說。

「但你是自願的啊！」我喊道。

「我後悔為那個男人自殺，但正當我準備遠離這個骯髒的世界時，你又喚醒了我！我要你永遠陪著我！」她說。

「妳，妳想幹什麼？」我驚恐地說。

她僵硬地笑了起來，從睡衣口袋裡取出了一把銳利的解剖刀，在我面前晃動，然後抵住我的頸窩。

「我要讓你知道，被解剖的痛苦！」她陰森森地說。

「不要！不要！妳是死人，我是活人啊！」我喊道。

喉嚨一陣刺痛，我彷彿被人活剝了一般疼痛，慘叫著坐起身來。我發現我的全身像在水中浸過般大汗淋漓，月光透過窗戶照在我身上，她並沒有在房間裡，難道是晚上一直在做夢？

我覺得不可思議，但很高興，有一種死裡逃生的快感。第二天，我起床的時候，發現了一件東西，這個東西將會讓我永無寧日，在床下，掉著一把解剖刀，鋒利而閃著寒光的解剖刀。

這天下午，我又去了她的房間，可是門緊閉著，鄰居的老太太告訴我，自從那個女人自殺後，這個房間就一直沒有人租過。

從此後，我不敢再接觸任何屍體，甚至不敢再在醫學院待下去，只有改行做了藥品經銷。直到今天，我仍然沒有找到答案。

穿白雨衣的女人

雨一刻不停的下，細密如針。天空灰暗，大地沈寂而蒼茫。我一個人在這無邊無際的雨中一路向前狂奔，而我的後面一個穿白雨衣的女人正緊追不捨。我來不及回頭來看，不，是我根本不敢回頭來看，我只能憑直覺感受「白雨衣」的存在。我分明感到在我背後，那個快疾如風隨風飄動的東西已離我越來越近，一股涼意漸漸襲來，我把全身的力氣都用到兩條腿上，快步如飛。

可惜晚了，我突然被一隻手抓了起來，我的雙腿離開地面，整個身體向上飛去。我努力的轉動脖子，想回過頭來，看看那張「臉」，可是我的脖子像上了夾板，絲毫不能動彈。我拚命的掙扎，那隻手突然間鬆開了，我像一只灌了鉛的沙袋，「嗖」的一聲，從高空直往下落……

「啊！」我大叫一聲，睜開眼睛，伸手摸摸額頭上的汗，又是那該死的夢。

我暗罵一句，慢慢的下了床。

妻被我的叫聲驚醒了，揉著睡眼惺忪的眼睛問我：「幾點了？」我頭也不抬喃喃的說道：「六點三十分。」

妻「噢」了一句，一秒鐘之後她好似突然被打了興奮劑一般，從床上一躍而起，側著臉問：「你又做那個夢了？」

我沒有答她的話，一屁股坐在旁邊的沙發上，點上一根煙。

妻哆嗦著把手伸向旁邊收音機的按鍵，輕輕的打開收音機。收音機裡正在播送天氣預報：「……今天陰有小雨，東北風三到四級……」妻臉色蒼白瞪大眼睛呆呆的看著我。這已是二十五年來，一成不變的規律了，只要我一做那可怕的夢，驚醒過來必是早晨六點三十分整，而這一天天必下雨。這個規律，二十五年來從未有過誤差。

我把頭埋在沙發裡，痛苦的回憶起二十五年前的那個下雨天……那一年我剛剛上小學三年級，在我們學校操場的南邊有一間廁所。這一天，我和幾個要好的朋友阿強、阿飛、大頭勇、二毛一起在操場上踢球，不知道我們踢了多長的時間，漸漸的操場上的同學都走光了，就剩下我們五個還在瘋狂的踢。

天色漸漸暗了下了，開始飄起了小雨，可是我們誰都沒在意，還一個勁的在踢。接到阿強給我傳來一個好球，我帶球左晃右晃過了大頭勇後，抬頭準備傳給下一個人，就在這時，我透過濛濛的雨絲隱約間看見一個穿白雨衣的人從學校的圍牆拐角處走了出來。

他低著頭，看不清他的臉，但憑藉著裹在雨衣裡苗條的身材和走路姿勢，我能判斷出那是個女人。

但當時我並未多想，只是感覺有點怪怪的，短短的一瞥之後，我把球穩穩的傳了出去……球傳到了阿飛的腳下，阿飛一個大腳長傳準備將球傳給二毛，可是那球像長了眼睛，在空中劃了一個美麗的弧線後直接從空中飛進了女廁所。

我們所有人的眼睛都隨著球前進的方向看去，就在球飛進女廁所的那一剎那，那個穿白雨衣的人也幾乎同時拐進了女廁所……大家一看球被踢進了女廁所，都在七嘴八舌的埋怨阿飛，阿飛被逼無奈，只好硬著頭皮自己去撿球，只是男孩子怎麼能進女廁所呢？阿飛求大家幫他想想辦法，大家正在抓耳撓腮時，大頭勇突然一拍大腿冒出一句：「這有什麼難的，剛才不是有個穿白雨衣的姐姐進了廁所嗎？待會兒等她出來，我們讓她替我們拿一下不就行了嗎？」

阿飛一拍腦門：「哎，對呀。那我們就在廁所外面等會兒，等她出來，我們就請她幫我們拿一下球。」

於是五個男孩百無聊奈的站在離廁所大約五公尺遠的地方，五雙眼睛緊盯著廁所的出口。

過了大約五分鐘，那個女人還沒有出來，這時候天更暗了，雨彷彿得到了一種神祕的召喚——下的更密了。阿強忍不住打了個噴嚏。大家這才感覺到這雨打在身上有些生冷，阿飛和二毛忍不住在原地跳了幾下。阿飛邊跳邊埋怨：「都這麼久了還沒出來，女人就是麻煩！」

阿強接過話說：「哎，她不會是來『大』的吧！」這句話說的所有人都哈哈大笑。

二毛見此情景，趕緊把食指放在嘴邊，做了個「噓」的動作，「小聲點，給她聽見了，不幫我們拿球就糟了。」

大家這才重新安靜下來。天色越來越暗，細雨還在一刻不停的下。我們五個人的衣服全都濕透了，渾身打著哆嗦盯著女廁所的出口等待那個穿白雨衣的女人出現……

時間一分一秒的過去，大約又過去了十分鐘，那個女人還是沒有出來。

此時的操場變的萬分地寂靜，只有雨落下的聲音淅淅瀝瀝我們五個人擠成一團，在這昏暗飄滿雨絲的空間裡，我們誰也沒再多說一句話，彷彿身處在另一個世界裡，傾聽老天的訴說。

不知過了多久，天空突然劃過一道閃電，我們這才如夢初醒。大家你看著我，我看著你。再看看女廁所的出口，還是毫無動靜。四周已完全暗了下來，空蕩蕩的操場上，我們如同五隻迷途的羔羊，在這混沌的天地間，孤獨而無助……

「那是什麼東西？」大頭勇因緊張而發出嘶啞的叫聲，所有人的視線都隨著他手指的方向看去——一個黑影，彷彿戴了一頂碩大的帽子從學校的大門的方向急速的向我們這邊衝了過來。

「鬼啊！」不知誰用變了調的嗓門喊了一聲。五個人立刻如戰場上膽怯的士兵聽到撤退的命令，撒腿就奔。

「站住，站住！」身後傳來一個女人嘶啞的聲音。

阿強聽到聲音拉住我回過頭來，「那不是李阿婆嗎？」我一看可不是嗎？

那不是幫我們學校看大門的李老伯的老伴嗎？

「哎，你們都回來，是李阿婆。」阿強對其他人大叫。李阿婆撐著一把黑傘氣喘吁吁的衝到我們跟前，埋怨道：「你們這幾個孩子，我大聲的叫你們，你們跑什麼呀？我剛才在窗戶裡看你們好久了，下雨了，你們不回家，在這兒對著女廁所看個沒完，你們小小年紀想幹什麼呀？快回家……」

「不是的，李阿婆，您誤會了。」二毛辯解道。

「是啊！我們只是想拿了球就回家，因為我們不小心把球踢進了女廁所，我們又不敢進去拿，正好看見一個女的進去了，所以我們想等她出來，讓她幫我們撿一下。」阿強插嘴說道。

「是嗎？」李阿婆仍然對我們半信半疑。

「可是，可是那個女的進去了，到現在還沒……沒出來……」大頭勇話音剛落，天空劃過一道紅色的閃電，緊接著是一聲沈悶的炸雷，嚇的我們起了一身的雞皮疙瘩。

「那我進去看看，幫你們把球撿回來。」說完李阿婆一轉身進了廁所。

五雙眼睛死死的盯住廁所的出口，心中滿是緊張和期待。天空突然又劃過一條閃電映出我們五張煞白的小臉，就在這時，從廁所的出口閃出一個人來，不是別人，正是李阿婆。李阿婆臉色慘白，眼神怪異，眼睛直勾勾的盯著我們五個人的臉。

「李阿婆，你怎麼了？幫……幫我們拿到球了嗎？」阿飛有些怯怯的問。

「沒有球。」簡潔而明瞭，李阿婆的聲音怎麼會變得如此冷漠。

「沒有球？」我們幾乎同時一起驚問。

「李阿婆，那……那你幫我們問問那個女的看見了沒有？」阿飛幾近哀求的說。

突然，李阿婆臉色陰暗眼睛彷彿充滿了血絲，聲音變得更加兇狠而低沈，

「我說了，沒有球，更沒有人。」

最後幾個字從李阿婆嘴裡吐出來，所有人都不由地打了個寒顫……

「沒有人？沒有人？那我們看見的……」阿飛正在自言自語的說著，說著，說著他突然拔腿就跑。

其他人也突然回過神來一哄而散，拼了命地跑回家去。第二天，當我們忐忑不安的來到學校的時候，聽說李阿婆在昨天夜裡突然暴斃死了，而且據說死

狀極為恐怖，我們嚇得好些日子都魂不附體，無精打采。

過了兩個星期，來了一群警察從學校的女廁所中撈出一具腐爛的女屍，女屍已經辯認不出相貌，唯一還很清晰的是身上裹著一件白色的雨衣……

後來我們才聽說，那個女人是在一個月前的一個下雨天，在下大夜班後經過學校後門的小樹林裡，被人殺害後棄屍在女廁所中的。

到我們快要放寒假的時候，李老伯也被學校辭退了，原因是有人認為他發瘋了，經常夜裡一個人在操場上走來走去，嘴裡還念念有詞的說：「報應啊！報應……」嚇的附近的鄰居夜裡都不敢睡覺。

到了下一學期，我們五個人全都陸續轉到了別的小學。從此後，我們五個人誰也沒有再提起那個下雨天發生的事。

轉眼間，我們長大成人，娶妻生子。十五年後在一個偶然的機會，我在路上遇見大頭勇，在與他的閒聊中才知道他也經常做著與我相同的夢。臨別的時候，大頭勇很神祕的對我說：「你知道李阿婆為什麼會死嗎？」

我搖搖頭，大頭勇湊到我的跟前小聲的說：「我聽說那個女人被殺的時候，曾經對著李老伯和李阿婆呼救過，只是李阿婆不讓李老伯多管閒事，所以李老伯才沒去的。要不然或許……」

我聽完長歎一聲，原來如此，我耳朵裡又響起了李老伯的聲音「報應啊！報應……」

經過那件事以後，每逢下雨天，我都會做一個同樣奇怪而詭異的夢，每當我驚醒的時候，時鐘總準確的指向六點三十分整，不知何年何月才會罷休。

至於李阿婆在女廁所裡到底看到了什麼？那可能只有她自己知道，對我們而言是一個永遠都解不開的謎。

鏡子鬼

「三個女生，兩個男生，尋找一個有大鏡子的房間，每個人維持的距離是能夠看到所有人的位置上。男生要分開，圍成一個圈，記好鏡子裡的位置。站立一會兒，到接近午夜的時候開始繞圈，由女生開始向前面的一個人的脖子上吹氣，不要發出太大的聲音，依次類推，同時不停的繞圈走。

當有人感覺到脖子上被人吹了兩口氣的時候，要說來了，同時背向鏡子，其餘四人一起看鏡子裡面。多了個什麼？切忌：不要中途偷看鏡子。不管看到了什麼，不要逃跑，要大家一起說『去！』並轉身。

最好有一個人帶頭發佈這樣的號令，如果是發口令者背向鏡子，生死全靠大家自己了。據說是看到五個人面對鏡子，也有說六個人，也有說到處都是人，也有說不是人。沒有正確描述出看到了什麼的人，現在還存在。」宋歌趴在嚴曉雯的耳邊嘀嘀咕咕了半天。

嚴曉雯滿臉詫色：「沒錯，我鄰居家是正在出租房子，可是這個……」

宋歌拍拍她的肩膀，笑嘻嘻著說：「安啦，反正他託你看著房子，鑰匙在你手裡，我們是光明正大進去，怕什麼。」

「可是深更半夜玩招鬼遊戲，萬一真的招來鬼怎麼辦？」嚴曉雯有點膽怯。

「放心放心，就算有鬼也是被禁錮在鏡子裡，更何況再加上你男朋友、姜子敏和她男朋友，我們五個人陽氣足的很呢！」

站在空曠的大廳裡，宋歌圍著那面大鏡子轉來轉去，滿臉興奮。

姜子敏倚在男友懷裡，撇了撇嘴說：「宋歌你這瘋丫頭，都在社會上工作兩年多了，還像個孩子一樣長不大，深更半夜拉我們來這玩什麼招鬼遊戲，胡鬧！」

膽小的嚴曉雯，更是怯生生地扯著男友的衣袖寸步不離其右。

「開始開始，姜子敏的男朋友，姜子敏，曉雯的男朋友，曉雯再加上我，我們就按照這順序在這轉圈子吧，姜子敏你先開始，反正規矩我都講清楚了，我們開始玩。」

子。

於是在這間充斥著浮塵與蜘蛛網的房間裡，五個年輕人開始滑稽地轉起圈轉了幾分鐘，嚴曉雯小聲的嘀咕起來：「多麼無聊的遊戲啊，我們好像是一群在推磨的驢子耶！」

她剛說完話，猛然驚覺脖子上被吹了兩口氣，她狂跳了起來，尖叫著：「有鬼呀！」一陣狂笑從嚴曉雯身後發出，一隻手輕輕放在她的肩膀上，這隻手在不斷顫抖著，「曉雯，你簡直是太搞笑了，是我多吹了一口氣，笑死我了，哈哈！」

宋歌狂笑著，那隻手還搭在臉色發白的嚴曉雯肩膀上。嚴曉雯哭笑不得，狠狠的把宋歌的手甩下來：「宋歌，你真是可惡，再這樣不陪你玩了，哼！」

宋歌忍著笑求饒，姜子敏又打著圓場，四個無精打采昏昏欲睡的「懶蟲」（宋歌說的）陪著精神百倍的瘋丫頭，繼續像推磨的驢子一樣守著那面大鏡子轉圈。

時近午夜，差不多每個人都有些睡意，卻被一聲壓低卻又很清脆的聲音叫醒：「它來了。」

什麼它來了，除了喊這話的宋歌，另外四個人都愣了一下才醒悟過來。宋歌已經背對著鏡子，聲音有些拖長：「你們快看看鏡子裡有什麼啊！」

四個人同時向鏡子看去。

「什麼也沒有啊！」

「就我自己在裡面啊！」

「怎麼會啊，明明我們五個人全在裡面嘛！」

「對對，我們五個人都在裡面。」四個人七嘴八舌叫著。

「不對，裡面明明有個穿著公主裙的小女孩，好可愛哦！」宋歌突然插了一句。

四個人聽了大驚，轉向宋歌，好奇的宋歌為了不違背遊戲玩法，又要滿足自己的好奇心想看看鏡子裡到底有什麼，竟然用一面化妝鏡借反射光看清大廳裡的鏡子有什麼。

姜子敏突然醒悟過來，大喊：「去！」另三個人也跟著喊了一聲，背對著鏡子。

「散了吧，別真的惹出事情來。」姜子敏提議，大家散了各自回家。

「這幾個膽小鬼，不就是個遊戲嘛，嚇成這樣，真是的。」宋歌回到家，走進洗手間準備洗臉。一手捏著洗面乳，另一隻手摸了摸臉龐，「咦，這裡的小痘痘好像消了不少，怎麼眼圈又黑了一塊，明天要早點睡了。」她對著鏡子自言自語打量著自己。

「嘻嘻，姐姐真可愛。」

夜這麼深，在寂靜中突然傳來這麼一個細小而又稚嫩的聲音，令宋歌嚇了一跳。

「是誰？躲在哪裡？給我出來！」她東張西望，以為是鄰居的小孩子。面前的鏡子右側一角突然氤了一層霧，就好像被熱氣蒸騰過一樣，水氣消失之後，鏡子角上多出了一個小女孩。

小女孩就像一個畫在鏡子上的卡通圖案，只是會動作，會說話，穿著一套白色的公主裙，蘋果臉，可愛的小單眼皮，胖嘟嘟的可愛極了。

小女孩笑容可掬地說：「姐姐，你真好玩，我在這裡面很寂寞，你陪我玩好嗎？」

「你，你不是剛才鏡子裡那個……」膽大的宋歌差點把那個「鬼」字說出口。

「是啊，姐姐，是你把我從外面招進鏡子裡的，當然你就要陪著我啦！」

「陪著你？我的媽呀，要是天天陪著你，難道我要走到哪裡就扛著這面鏡子到哪裡不成？」宋歌差點跌倒在地。

「嘻嘻，姐姐你好笨，當然不用走到哪裡都扛這大鏡子，只要一面小鏡子我就可以進去啦！」

小女孩歪著頭一付可愛的樣子，可是誰能想到她竟然是一個被禁錮在鏡子裡的鬼魂。

「再說，再說吧！」宋歌急忙離開洗手間，跑回自己的房間。關上門，她巡視了一下房間，確定沒有鏡子，「天哪！真的招來鬼魂了，還要天天跟著我，這不嚇死別人也會先把我嚇死，慘了，該怎麼辦。」想不出什麼辦法擺脫這個鏡子鬼的宋歌只好隨遇而安了，好在這鏡子裡的小女孩很安靜，每次宋歌見到鏡子裡的她時，總是笑嘻嘻很乖很可愛的樣子，但如果超過半天她見不到宋歌，就會有焦躁不安的神情，再次見到宋歌時，她總會有一小會兒臉色陰沈，流露出不高興的樣子。害得宋歌的同事以為宋歌最近突然愛漂亮了，時不時就掏出一面化妝鏡自我凝視一番。

「宋歌，聽說昨天你去相親了，真的假的啊，哈哈，這麼老土。」這天剛上班，同事就取笑宋歌，剛從皮包裡翻出化妝鏡的宋歌一臉苦笑：「肯定又是阿民這長舌男告的密，真是的，我怎麼認識了這麼一個鄰居啊，三生不幸。」同事敲著宋歌的桌子說：「老實交代，情況如何。」

宋歌吐舌一笑：「人很帥，又有前途，我媽很滿意，至於我嘛，嘿嘿，考驗他一段時間嘍！」

說笑著，不經意間，宋歌眼角瞥過化妝鏡，發現鏡子裡的小女孩滿臉怒容，惡狠狠地瞪著自己。宋歌臉色一白，急忙溜到公司的洗手間。

在洗手間的大鏡子上，小女孩一反常態，在鏡子裡激動得手舞足蹈：「姐姐妳是我的，你不能去跟別人談戀愛，你永遠是我的。」宋歌本來被剛才她的凶相嚇的臉色發白，此時一聽大怒，不由反駁起來：「我憑什麼要天天陪著妳，你算老幾，我就不陪妳，妳能把我吃了不成，妳不過是個小鬼！」

她沒有料到鏡子中的小女孩聽到這番話會有如此反應，否則絕不會口無遮攔說出這些。

那鏡子鬼突然變了臉色，曾經束得高高的馬尾淒慘地歪斜在耳邊，圓圓的臉龐突然變成了一個血窟向外湧出粘稠紫紅色的血塊，白色的衣裙上血跡斑斑，她的上半截身體彷彿被什麼攔腰碾過，兩隻胳臂癱垮在身體兩側，此時她還想提著那隻軟綿綿的胳臂去指著宋歌，她的身子是如此的靠近鏡子，以至令宋歌有種錯覺她就要從鏡子中穿出來撲向自己。

「你是我的，你永遠都不能離開我。既然你把我關在這裡，你就要永遠陪著我。」鏡子鬼曾經甜美細嫩的聲音變得淒厲起來，可惜宋歌聽不到了，她已經昏倒在地上了。

「你這孩子，上廁所這麼不小心，竟然會滑倒在地上撞著牆角暈過去，好在是你同事及時發現把你送到醫院，要不然誰知道會出什麼事啊？」宋母扶著宋歌走出醫院大門還在嘮叨著。宋歌神情麻木，好像沒有聽到宋母在說什麼。

「你不要煩我了，好不好？」

「求求你了，放了我吧！」

「你有完沒完，為什麼成天纏著我？」

「我不要再見到你了，離開我，去找別人去！」一次次，無論宋歌走到哪裡，只要存在著鏡子，那小女孩又是一付乖巧的模樣待在鏡子裡，目不轉睛看著宋歌的一舉一動，宋歌無論求饒、怒斥，她都是一付置之不理的樣子，只是不復那一次的恐怖變身。

宋歌迅速消瘦下去，整天蒼白著臉，神經兮兮竭力不去照鏡子，只求不再見到那個看起來如卡通娃娃般可愛的惡魔。

「宋歌，今天是曉雯的二十四歲生日，你一定要來，八年的朋友，你要是再敢說不來，我就跟你斷交！我們在利華酒店，你快來，等你。」

姜子敏聽夠了宋歌的推脫之辭，放下電話不再聽了。一見到宋歌，嚴曉雯和姜子敏都詫異於她的精神狀態，不斷追問，宋歌想說，卻又不知道該怎麼說，正在考慮著，手一軟，把手中一杯紅酒傾倒在衣裙上，「哎呀，你這麼不小心，紅酒很難洗掉的，快跟我到洗手間清洗一下。」

神情恍惚的宋歌被姜子敏牽著手拉進洗手間。

「嘿嘿！」一縷稚嫩又陰冷的笑聲突然刺破發呆中的宋歌，她猛然抬起頭，酒店洗手間的整面大鏡子上，那個鏡子鬼又裝出一付可愛的小女孩樣。

宋歌緊緊扯住姜子敏的手，指著鏡子激動地說：「你看，她就在那裡，她就在那裡啊！」

姜子敏莫名其妙地看著鏡子，「哪裡啊？什麼東西？這鏡子好好的嘛。」

宋歌拽著姜子敏的胳臂說：「你聽啊，她在笑，好冷的笑聲啊！」

姜子敏側耳聽：「沒有人在笑啊，宋歌，你怎麼了，不舒服嗎？」

鏡子鬼仍然在尖笑著，尖銳的彷彿要刺破宋歌的耳膜，「姐姐，還是進來陪我吧，妳既然把我關到這裡來，那就要陪我到永遠，我們有緣啊！來吧！」

她又變出那一身血跡斑斑恐怖的原形。

「不！妳去死吧，不要纏著我！」已經崩潰的宋歌不知哪裡來的力氣，一拳砸向鏡子，鏡子發出巨大的聲音破碎了，一片片掉落下來，而牆上殘留著的每一片鏡子碎片中都有那個小女孩的身影，她扭曲的臉龐不成形的嘴裡還在發出尖銳的笑聲，宋歌還在一拳一拳的砸向鏡子，手上被碎片刺的鮮血淋漓。

姜子敏根本制止不住她的瘋狂，猛地一巴掌摑在宋歌的臉上。

「她還在……她還要拉我去陪她，我要殺了她，我要殺了她……」宋歌滿手是血，捂著自己的臉頹然坐到了地上。

「宋歌……」姜子敏企圖扶起宋歌，她卻尖聲的笑了起來：「鏡子碎啦，她沒了，嘻嘻，再也不會纏我啦！」

「她不會再纏我了，她死了，我不用再陪她了，她死了，我不用再陪她了。」

住進了精神療養院特別病房的宋歌見到來看望她的姜子敏也不認識了，嘴裡只是把這幾句話念叨來念叨去，沒人知道她到底在說什麼。

「宋歌！」姜子敏見到昔日好友變成如此，不禁紅了眼眶，她握住宋歌那隻瘦骨嶙峋傷痕猶存的手，不禁痛哭出來。

宋歌見到她哭，眼睛亮了一亮：「把那個穿白衣服的人叫來吧，我要找她玩。」

姜子敏想了半天，才知道宋歌要找護士，她匆匆出門，找來護士。找了半天，不知道護士上哪裡去了，姜子敏快快返回病房，宋歌提著姜子敏的包包看來看去，姜子敏接了過來，又跟宋歌聊了一會，才離開病房去找醫生。

房門關上後，宋歌的臉上露出一絲狡黠的神情，從衣服裡掏出一面化妝鏡，這是她剛才從姜子敏的皮包裡偷出來的。

她惡狠狠地說：「妳死了沒有？我要看看，你還會不會要我去陪妳。」

她狠狠的盯著那面鏡子看，然後突然哭了起來：「妳為什麼還在裡面，妳為什麼還沒有死，妳不死就還要拉我進去，我不要，妳去死吧！」

她把鏡子摔到桌子上，化妝鏡碎成幾片，她仍然恨意未消，將碎片抓了起來就往嘴裡塞，邊塞邊含糊不清說著：「吃掉妳，妳就不會再來纏我了。」

坐在醫生辦公室，姜子敏詢問宋歌最近的情況，醫生搖著頭說：「她這種情況是屬於受到強烈刺激，一般情況下不太容易痊癒，不過只要不讓她照到鏡子，她就會比較平靜，可能她受過跟鏡子有關的刺激，我們只能採取保守治療，讓她情緒慢慢穩定下來。」

兩個人正說著，門被突然撞開，一個小護士衝了進來，驚慌失措的說：「李大夫，我只是上一下廁所，二十一號病房的病人就出事了，她不知從哪弄來的鏡子，並且把鏡子打碎把碎片吞了下去。」

醫生和姜子敏同時霍然起立，他們都知道二十一號病人就是宋歌。宋歌穿著那套她最喜歡的紅裙，靜靜躺著。

姜子敏哭成淚人：「都怪我不好，我不該讓她拿到我的鏡子，我明知她見不得鏡子，我竟然這麼疏忽，都是我不好。」宋母老淚縱橫地理順了宋歌的衣服：「孩子，你安安靜靜去吧！」

一縷清煙，一個盒子，裡面放著宋歌的骨灰，一個年輕的生命從此消失在這個世間。

一個燥熱的夏季夜晚，三女兩男在一面大鏡子前玩起了招鬼遊戲，一個女孩子尖叫著：「來了。」另四個人都看向鏡子……遊戲散了之後，一個女孩子小聲對一個男孩子說：「我怎麼看到鏡子裡有一個穿著紅衣裙的女孩子，她表情也不知道是哭還是在笑，怪怪的，並且她還對我說『妳來陪我好嗎？』，你有聽到她的聲音嗎？」

催命婆婆

在離上海不遠的地方，有一個小鎮，人們以農業謀生。有一天晚上，一個遊客路經此地，突然狂風大作，接著就下起了大雨，他剎那間被淋成了一隻落湯雞。無奈，他只能在這小鎮上找個落腳處熬過這一夜！於是他往鎮上奔去，沿途經過許多田地，因為情急，天色又昏暗，所以他沒注意到，原來所有的農作物全死了！顯然是好久沒耕種造成的。

這兒的人以農業為生，不可能好吃懶做的，那換句話說，這已是一個死鎮！但他不知道，仍一個勁的往鎮上奔去。

他邊跑邊找亮燈的人家，但是，他找不到。忽然，他看見遠處有燈光，於是狂奔過去，原來是家醫院。這鎮上的房屋幾乎都是一層樓的平房，唯獨這家醫院，有六層樓那麼高，但為什麼整個醫院，只有一樓大廳的燈是亮著的，從外面看，深處一片漆黑，十分陰森恐怖！

「嗚……嗚……」陰風一陣陣颳過，他也不想那麼多了，跑進了醫院。

他往醫院裡走去，忽然，大廳的燈暗了下來，他下意識的回頭看情況……

「啊——」

「幹什麼？人嚇人嚇死人！」

「對不起，對不起！」黑暗中傳來這些聲音，發生了什麼事？原來，他回頭後突然看見一張「鬼」臉。

那其實是值班醫生，他拿著手電筒照著自己的臉，的確十分像鬼。

「怎麼燈突然暗了？」

「哦，也許是閃電把電纜打斷了吧！你有什麼事？」

「我想借宿一宿。」

「什麼？借宿？我沒聽錯吧？這裡可是醫院！」

「哦！對不起。」他想反正沒辦法走了，就想辦法在醫院借宿一晚，明早儘早上路，於是他撒了個謊，但他萬萬沒想到這個謊將結束他的生命！

「我是說我病了！」

「那可以。不過現在全鎮人都得了怪病住在這兒，讓我想想還有沒有床位。」

他現在知道，為什麼全鎮一片漆黑了！

「對了，還有一個床位，不過先前睡那床位的人昨天剛死，你睡不睡呢？」他猶豫了。

「到底睡不睡呢？現在出去肯定沒有落腳之處，還是住吧，不應該太迷信的！」

「好，我睡！」他對醫生說。

「可是那病房的人都得了怪病，你不怕被傳染嗎？」他怕醫生不讓他住，於是說：「沒關係，我也得了那種病！」

剛一說完，身上一陣涼意，雞皮疙瘩起了一身，他以為著涼了，其實，他已惹鬼上身了！

「嘿嘿，那走吧！」醫生陰陰的一笑。

他又是一陣涼意，只盼快點上床！醫生把他帶到了二樓第四病房的第十床位！他立刻就入睡了！第二天，他醒來後覺得全身不舒服，於是找來醫生檢查。

「開什麼玩笑，檢查什麼，是那種病啊！昨晚你不自己說的嗎？」

他愣住了，心想：「才一晚，不會這麼衰吧？」

「那可不可以醫治？有什麼危險？」

「抱歉，至今為止這是個絕症。」

「什麼？那死定啦？……」

「急什麼！聽我說完！」他心中又出現一線曙光。

「只要你能熬過十天，此病不治自癒！」

「哦？那十天內很難熬嗎？」

「不知道，只是此等病人總是活不過十天，且都在晚上神祕死去。而且不可遠行，否則會暴斃！」

夜幕很快降臨了，其他病人早就熟睡了，而他還想著醫生的話，久久不得入睡。

就這樣迷迷濛濛得不知過了多久，他隱約聽見腳步聲，「砰、砰、砰……」很沈重的腳步聲，聽起來好像此人行走不便，是個老人。他稍放心些，但是，那腳步聲聲不息且越來越近，越來越近……

突然門「嘰」的一聲開了，他本能的往被窩裡縮了一下，從被窩縫裡，他隱約看見，進來的是一個老婆婆，身型矮胖，雖看不清她的臉，卻已感覺到她所散發的陰氣！

她進來後，環顧四周，最後走到一號病床前，對著熟睡的病人「嘿、嘿、嘿」陰笑了幾聲，就離開了！走之前，用她陰冷的眼神撇了他一眼，令他感到無限恐懼……不久他也睡著了！

誰知，當他醒來後，聽人說，一號床的病人，死了！他為之一震，全身發抖，心中一片茫然……當晚，老婆婆又來了，對著二號床又是三聲陰笑，於是，二號床的病人又神祕的死去了！

之後的幾天也是這樣，於是三、四、五、六、七、八號床的人都接連死去。

很快，第九天也過了，一個病房內就只剩下他一人了，他害怕、恐懼、無助，但又無可奈何。夜晚又降臨了，死神到來的時刻又到了。

「砰、砰、砰」他聽見了腳步聲。他不甘心就這樣死去。腳步越來越近，越來越近……就在門打開前，他飛一般跳下床，打開門，環顧四周，什麼也沒有！他知道他該離開這裡，但十天還沒到，這是最後一天，怎麼辦？不管了！

走也是死，不走也是死，還不如拼一下，再說古人有云：「三十六計，走為上！」他狂奔出這個小鎮，隱約聽見身後有人追趕，又好像是風的聲音，他不敢回頭，只是一個勁的往家裡跑……

終於，他到家了，他也不知自己是怎麼回來的，但還是回來了！他先洗澡，邊洗邊哈哈大笑：「大難不死，必有後福啊！哈哈哈！」

洗完後，無心睡眠，於是他隨手拿了電視遙控器，打開電視看了起來……

誰知一開電視，出現的卻是那婆婆，對他連笑三聲「嘿嘿嘿！」

三一六病房

今天是我第一天值夜班，是不是應該慶祝一下。在這所醫院待久會發瘋的，這是我的一個同事說的。

我現在已經快要瘋了，我看著值班室裡一片狼籍。我的床鋪摸上去有一種滑膩的感覺，好像有蟲子爬在手臂上的感覺。我雖然沒有潔癖，但卻覺得有點噁心。

床上的蚊帳上滿是煙花燒出的洞，看來沒有人再用它了。所以蚊帳打了一個結，一個讓我感到熟悉的結——死結。

我在就讀大學期間曾經把圖書館裡僅有的三本法醫書都看了，而在我們醫學院裡那是禁書。

因為有個女學生就是因為在看完其中一本日本版的法醫書後自殺的，讓人不可思議的是自殺手法竟然是摸擬法醫書裡所講解的自殺方式。於是法醫書在醫學院裡成了自殺手冊，這是連院長想都想不到的。

而有一晚，我在被窩裡透過手電筒昏黃的光看到那本法醫書上一張示範跪著上吊的圖片上清晰的用紅筆圈著，聽說那個女孩子住在上鋪，第二天早起的時候下鋪的女孩看見她坐在床上，而蚊帳的一頭緊緊地纏著她的脖子繫著一個死結。

原振俠裡有個故事是寫一個關於怪異經歷頗多的醫生的故事，做醫生最重要的是要有想像力，結果他用自己的精子和青蛙的卵子做出人造人。我曾經努力培養我的想像力，現在的我可以面對病人腹腔中滲出的血想到藍色的海。但對於醫學的發展好像沒有用處，所以我開始寫作。

但有讀者看過我的文章說我的文章恐怖的味道太濃，不適合夜裡看。因此我到處尋找恐怖小說看，果然沒有我的文章血腥。也許我真的應該寫一部關於醫院的恐怖小說，但從我有這個念頭開始我就再也寫不出來任何東西來。

我實在想不出這個世界上還有什麼事情算是恐怖，通常我看日本人拍的恐怖電影只會笑，看好萊塢的更是睡覺，那種外人看來血腥的感官刺激對我來說，就好像是在看自來水管裡流出的自來水一樣自然。

終於我站起身來，打開了值班室的窗子。對面的窗口是結核病房，我木然的看著對面昏黃的燈光。

「不要命了。」一個護士走進來說：「這裡的蚊子很厲害的，你這樣晚上會被叮死的。」

我指著地上問她，那是什麼花？很漂亮。

「是野菊花，這個醫院也只有到了秋天有這些菊花才有些看頭。」她關好窗戶看了一眼屋子，皺了皺眉，手掌下意識的擋在鼻子前。

「這房間怎麼髒成這樣，韓大夫你應該查房了。」說完她頭也不回地走了出去。

很奇怪，護士通常都有潔癖，而大夫們卻是可以一邊吃飯一邊給病人看病。我是外科大夫，而這裡的外科病人就好像護士白制服上的灰塵一樣少。

醫院裡就好像迷宮，打開一扇門發現一個臉色臘黃的病人對我來說就好像中獎了一樣。我的例行公事不可能給這些病人一點生機，他們有氣無力的回答我的問話。我有一種走在停屍間的感覺。

走在昏暗的走廊裡，我開始放任我的思想流溢。胡思亂想是我寫作的前兆，我已經開始我的故事。

故事裡醫院就是這個破爛院子，主角自然是我。年輕充滿活力，終日走在這個醫院裡卻無所事事。這樣寫會不會有人認為有輕視醫生之嫌，可是這就是我每天的生活。

就像我們醫院太平間裡的那個「千年女屍」，沒有人知道她在太平間裡躺了多長的時間，在當年太平間停用的時候，曾經有人說見過它一眼，他說他當時就把午餐全吐了出來，可是我想那個女屍最大的可能就是已經臘化，或者太平間沒裝空調使得女屍爛得一塊一塊的。

但我卻沒有緣看它一眼，因為太平間現在不光是鎖銹掉了，就連門也不知道什麼原因打不開了。

這樣的故事開頭是不是可以吸引人？長吁了一口氣，看看錶已經快六點了，可是沒有一點胃口。

看來第一天值班，就是以不吃晚飯來慶祝。我坐在值班室的床上，努力培養讓自己躺在床上的勇氣，突然門外傳來敲門聲。

「韓大夫，我和內科小張去對面結核病房玩牌了，有事打電話聯絡。」說完就再也沒有動靜，是剛才的護士。我知道值班大夫和護士每晚都是這樣度過，可是我應該我怎樣度過我的第一個值班夜晚呢？

我打開我的筆記型電腦，值班屋裡的燈光不是很好，我的電腦螢幕看起來也是一閃一閃的。光碟機裡放著的是Enigma的專輯，帶有神祕的電子合聲才能讓我繼續我的恐怖小說。

在內科走廊的盡頭裡有一間病房長年貼著封條，可是每個從那裡經過的人都會看到那病房裡靠近窗戶的床上躺著一個人。透著月光你可能清楚地看到結在他身上的蜘蛛網，很多人都被嚇壞了。

其實那只不過是個人偶，同樣沒有人知道為什麼會在醫院裡有這樣一個人偶，更沒有人知道是誰把那個人偶擺成睡姿放在那裡。

可是這些和我有什麼關係？我開始覺得無聊。我不是導遊，這些也不是風景。待了好久，我的電腦螢幕還是一個字都沒有。為什麼會有人喜歡看恐怖小說，喜歡被人嚇？從醫學角度來說，可能藉著感官刺激而使人的大腦促腎上腺素分泌，這樣會有出冷汗以及心跳加速等心理反應。曾經有心理學家說，這些反應與人類正常性高潮的反應完全相同。

我想會不會有一天，有心理學家說看恐怖小說是治療性冷感的好方法呢？我根本就無法繼續我的情節，於是我站了起來，看著窗外。

黑漆漆的，什麼也看不到。突然傳來了敲門聲，這樣的夜，會是誰來敲我的門呢？當然是病人，白癡。

我打開了門她站在門外，沒有一點表情，唇上也沒有一絲血色，兩頰卻有一抹緋紅。這些都是在我後來在寫這篇文章時才想到的，我回憶起她當時的病人服很大、很不合身。

不知為什麼，我有一點緊張。我突然有個念頭，她會不會是我的故事的開始？

「你怎麼了？」

「我想回家。」她輕輕的說，她的眼神直直的，她的眼睛離我不過三十公分。

「這麼晚了怎麼能回家呢？你是哪個病房的，我送你回去。」她一直注視著我說：「三一六，可是我怎麼也找不到。」

「怎麼會呢?」我笑著看著她,「你跟我來。」

我在前面走,她沒有一絲聲音地跟在我後面。走廊裡的燈光把我和她的影子一點點拉長,我把雙手插在白大衣口袋裡,故裝瀟灑。

她緊握著雙手,人見人憐。沙漠、古堡、走廊。美女、白衣與燭火。我就是那仗劍江湖的俠士,她願不願意陪我浪跡天涯呢?於是,我想我應該說些什麼吧!這裡就是三樓呀,應該很好找呀,你不會看不懂數字吧?我的玩笑並沒有發揮到什麼作用,並沒有讓我和她之間的氣氛輕鬆些,走道突然顯得有點長,她一聲不響地走在我身後。

我的想法離譜的可憐,我開始感覺失落。她的目光始終落在我的背上,我真的感覺很不舒服。

如果不是她長得很漂亮,我是會生氣的。但我還是回過頭來對視著她。小姐,你是不是在開玩笑,這裡到三一四房就沒有了。你到底住幾號病房?她面無表情,嘴裡輕輕的念著。

「你帶我來,我怎麼知道我應該去哪裡?」其實在說這個故事前我一點也不知道這句話的意思,再進一步說,到那一刻為止我還是不清楚她長什麼樣子,我始終就是像神志不清一般。以後事情的發展到現在我也不能完全回憶起來，可是那片段卻清晰的可怕。

我開始扯著她的病人服快步向辦公室走去，從我拉著她的力量還有走路的速度都顯示出我已經開始心煩氣躁。

她沒有一些抵抗的力量，我似乎只是抓著一股空氣。手指揮動間觸摸到她的手臂，冰冷的讓人心寒。

那種寒到後來我和她的接觸都讓我記憶猶新，到了辦公室的時候我們的手已經緊緊握在了一起。

「你叫什麼名字？」「……什麼，我沒有聽清楚。」她好像連說話的力氣都沒有了，我努力聽也沒聽清楚她說的是什麼。

辦公室的窗戶被風吹開了，病歷資料被吹落一地，她的長髮一下子吹到我的臉上。無數髮絲纏繞著我，她的手臂也如絲線一般纏繞著我。

我們忘情地擁著，天地開始旋轉。我的神志一時清晰一時糊塗，我分辨不出我處在何處。

突然間，我感覺到有一張床離我忽遠忽近，我們倒在床上，床頭上的蚊帳打著的死結瞬間打開……

「喂，韓大夫。」

護士都是大嗓門，我從床上坐起來，不停地敲著頭。

「哇，昨晚有人死了，我們都忙死了。你竟然睡得這麼好。」

「什麼？」

「是對面結核病房的，去那裡本來是要打牌的。沒想到有一個病人死了，忙了一夜。」

「哦。」

「死的是個小女孩，從住院開始就是一個人，住院費已經積欠了好多，如果不是要快死了，醫院也不會讓她住下去的。」

「哦。」護士絲毫不理會我的無動於衷，繼續自顧自的說著。「那個女孩平時誰也不敢接觸，就像鬼一樣，一句話也不說。護士都不敢去她的病房，她自己一個人住一間病房，對了就是你對面的那個病房，三一六房。」

「還有啊。昨天她死前突然說了好多話，什麼誰要帶她走，她終於可以走了。嚇人吧？」看著我目瞪口呆，她十分得意地湊到我耳邊。「你知道嗎？她一個人從不出病房的，有人說看到她每天都是把她咳出的血水從窗戶倒出去的。所以，她樓下的野菊花才會那麼鮮艷呀！」

其實我根本不會被這些東西嚇倒，但還是流了些冷汗。

當護士走出值班室，我從床下拿出一樣東西打開窗使勁扔了出去。那是昨天下午，我在查房前在結核病房下面採的最大最艷的那一朵野菊。

報應

這個周末，偉強和小珊要去觀光農場野餐，這對偉強來說是一件興奮的事，因為又可以和小珊單獨在一起了。雖然他們天天見面，但公司裡那麼多同事，是不可能說什麼綿綿情話的。

偉強不知道，小珊是否也像他一樣熱切的期盼著周末的到來。對偉強而言，星期五簡直漫長的像一個世紀，不，一百個世紀那麼長。

星期六終於來了，偉強帶了滿滿一背包的食物和隨身衣物出發了，小珊正在農場入口處等他呢！

騎上心愛的重型機車，他就將檔踩到最高，享受著騎快車的舒暢。

一出了市區，馬路上的車輛就稀少了，偉強把油門加到最大，重型機車就像瘋了一樣在飛馳。雖然偉強知道這樣做很危險，但它卻能帶走一周工作的壓力。

想起工作，他就想起前幾天因為別人的錯誤讓他被經理訓了一頓的倒楣事。前方有什麼東西在移動，偉強努力集中注意力，但也只看見一團東西在馬路上而已。大概是一條狗，一條受傷的狗吧！偉強想。好，就讓我送你上西天。

偉強對準這條狗衝了過去，只聽見一聲尖叫，那條狗濺起了一陣血花，被偉強遠遠的甩到身後去了。

可是那聲尖叫，並不太像一條狗所發出來的，倒像個人，一個女人。想到這裡，偉強忽然打了個寒顫。

如果自己剛才壓死的是一個人，怎麼辦，要不要回去看看呢？但他很快的否定了這個想法，一定是他工作壓力太大了，才會將一條狗想像成一個人。他看了看濺在重型機車上的血，好像褲子上也有一些，偉強感到一陣噁心。

不過他很快就忘了這件事，因為觀光農場就在眼前了。找地方停好車，偉強去買了兩張門票，小珊自然不會這麼早到，女人嘛，沒辦法呀！

那邊有賣風箏和紀念品的商店，他打算走過去看看，打發一下時間，或許可以為小珊買一個風箏。賣買風箏的小店裡只有一位女孩在挑挑揀揀，偉強就從女孩的身後看著她揀風箏。

女孩挑中了一個自己滿意的風箏，付了錢轉身走了。當她經過偉強的身邊時，偉強發現那女孩穿的那件褐色衣服有點不對勁。

哪裡不對勁，偉強說不上來。當他的視線從她的衣服上移到她的手上的時候，偉強楞了一下。女孩買的是一個褐色的風箏，不是普通風箏所有的那種色彩斑斕，而是一個幾乎全部都是褐色的風箏。

偉強不記得自己曾看到過這種顏色的風箏，但這不是最重要的，重要的是這種褐色看上去像什麼東西，讓他那麼不舒服。偉強下意識的看看自己的褲管，剛才濺到的狗血已經乾了，變成紅褐色。紅褐色，對，就是這種紅褐色，女孩的衣服、風箏、自己褲子上和重型機車上的狗血。

偉強又感到想嘔吐的感覺，就像剛才壓過那條狗看到狗血時的噁心一樣。

「啪！」偉強的後腦勺被人猛拍了一掌，就知道小珊到了，她每次都用這種方式和他打招呼。

「喂，看什麼呢？走吧！」小珊一把拖過偉強，幾乎是將他拖到農場裡的。唉，沒辦法，小珊就是這樣大大咧咧的。

觀光農場是當地最大的休閒遊樂場所之一，分成四五個風景區，越往裡走越偏僻。當然，偉強和小珊是要一直深入下去的，因為越是偏僻的地方越適合他們。

「瞧，愛的小屋。」小珊興奮的將一座稻草棚指給偉強看。

「什麼愛的小屋呀！」

「來，我們進去看看。我曾和我的前任男友一起來過，還在上面刻了字呢！我們找找看。」

又提她的前任男友。偉強心中掠過一陣不快。既然前任男友那麼好，幹嘛還來找他。

但他還是跟著小珊鑽進了「愛的小屋」，原來稻草棚的四壁上都被情侶們寫滿了「到此一遊」或「某某和某某在此海誓山盟，天地為證」之類的話。

小珊馬上興奮起來（其實她經常是這樣興奮的），開始找她和她的前任男友留下的筆跡。

偉強看著這些話只覺得肉麻，慢慢地躲到了外面，暗暗慶幸小珊沒拉他一起找。

「啪噠。」一隻很大的風箏掉在了他的面前。一隻紅褐色的風箏。偉強一陣頭暈，怎麼又來了。

「我的風箏。你別搶我的風箏。」不用看，偉強就知道是公園門口買風箏的女孩，那個穿一身紅褐色衣服的女孩。

「我沒有打算要拿你的風箏。」

偉強轉過身，但身後沒有人。女孩的聲音在偉強的背後響起：「還給我。」

偉強被嚇了一跳。

「還你什麼？我說過了，我沒拿你的風箏。喏，你的風箏不是好好的躺在地上嗎？」

這時，小珊也被吸引過來了，開始瞪著她的大眼睛問：「什麼事，什麼事。」

「沒事。一個小孩的風箏掉了。」小珊看看那個不是小孩的女孩，再看看偉強，臉上露出怪異的神情。多疑！偉強又發現小珊一個缺點。

女孩揀起那隻風箏，也饒有興味的打量著小珊。漸漸的，女孩臉上露出了狡猾的微笑，她望向偉強，像發現新大陸似的指著偉強的褲子叫：「你的褲管上有血跡，血跡呀！恐怖。」

小珊這才注意到偉強的褲管上有一大灘的紅褐色，開始不停的追問是怎麼一回事。

偉強呆呆地看著褲子上的血跡，是什麼時候變大了呢？原本只是小小的幾點。

女孩不知何時走了，小珊還在那兒嘮嘮叨叨。偉強從來沒有覺得像現在那樣討厭小珊，為什麼她就不能安靜一會兒。他煩躁的走進小屋，一屁股坐在椅子上。

「別坐！椅子上有我和我前任男友的誓言。」小珊尖叫起來。

「又是你的前任男友。既然你那麼戀著他，幹嘛不去找他？去呀，去呀！」

偉強終於爆發出來了，一把抓住小珊的胳膊就往外拖。

小珊意識到問題的嚴重性，她帶著哭腔求饒：「偉強，對不起。你知道，我就是這種個性，想到什麼就說什麼。我心裡只有你，真的。」偉強更煩了，他將小珊拖到外面草地上，把她重重地摔在地上。

「去妳的，」偉強衝著小珊罵道，「妳以為妳是什麼東西，在公司裡整天就只會唧唧喳喳，搬弄是非。以前容忍妳，是對妳還有新鮮感，妳以為我會在乎妳的心裡有誰。妳給我滾得遠遠的，看見妳的樣子我就生氣。」

小珊馬上站了起來，她被偉強的樣子嚇壞了。認識他三年了，從來沒見他發過這麼大的火。

偉強的眼裡似乎要噴出火來，小珊相信如果自己再不走，偉強一定會將自己踹翻在地上毒打一頓。

於是她拎起皮包轉身就跑，甚至沒有回頭看一眼。如果她回頭看一眼的話，她或許會發現在偉強身後，有一個女孩的笑容，正在慢慢的擴大，大到幾乎要將他吞沒。

當只剩下偉強一人的時候，他開始慢慢的冷靜下來，對於剛才對小珊的辱罵，自己也開始吃驚起來。雖然小珊有很多缺點，但偉強還是很愛她的，也從來不曾對她說出這樣的話來。

「我是中了邪了。」偉強頹廢的坐在草地上。

「我的風箏，我的風箏飛得多高啊！偉強，你看見了嗎？」偉強慢慢的抬起頭，望向天空。天空還是維持它美麗的天藍色，但哪裡有什麼風箏。

「沒有什麼風箏啊！」偉強說。

「當然沒有！因為你，就因為你。你把我的風箏壓碎了，你賠。」

一個被撕碎了的風箏掉在了偉強的面前。又是那隻紅褐色的風箏。

當然是那隻風箏了，你還指望會是別的什麼嗎？偉強想，為什麼你總是纏著我呢？被撕碎的風箏就在偉強的面前，似乎是故意讓他看個清楚。風箏的紅褐色開始加深，更像是凝固了的血塊。不，它就是一個沾滿了血的風箏，有些地方血跡還沒乾，呈現出鮮艷的紅色。

雖然偉強很想移開自己的視線，但它們好像不聽使喚，牢牢的盯在風箏上。女孩來了。偉強感覺到女孩就在他身邊。

他慢慢的抬起頭，仰望著女孩。女孩的衣服上，和風箏上一樣，有著乾了的和沒乾的血跡。

女孩臉上的血，還在一滴滴地掉下來，掉在偉強的膝蓋上。女孩終於開口說話了。偉強以為他等了一個世紀，才等到她開口。

「我在撿我的風箏，你衝了過來。好痛，真的好痛。我不甘心，我才十六歲。我流了好多血，你連頭也不回。我的血像噴泉，你逃不掉的。那個女人礙手礙腳，還是將她打發掉的好。你賠，我要你賠我的風箏。」

「這不該怪我，是你，是你自己在馬路中央的。即使我知道你是人，我也來不及煞車呀！」偉強聽見自己的聲音在尖叫。

女孩露出一絲苦笑，蒼白的臉上血冒得更厲害了。她開始一步步向他靠近。偉強拼命的向後退縮，他的腳被風箏的線纏住了，風箏被他拖的「呲呲」作響。女孩開始大笑，那尖銳的聲音直刺偉強的耳膜。偉強像受了高壓電的電擊，一下子跳了起來，轉身狂奔。

也不知道自己跑了多遠，總之是筋疲力盡了，偉強扶著一棵大樹喘得上氣不接下氣的。多可笑啊，還是大白天呢！不過，終於逃脫了。女孩的臉，那張臉多可怕啊！

偉強辨認了一下方向，不遠處有條鐵軌，是公園裡的小火車開的軌道。偉強知道這種小火車一般都開得很慢，這樣他就可以跳上火車坐到公園門口了。遠處隱約傳來小火車的汽笛聲，他得趕快了。他向鐵軌跑去，但為什麼總有「呲呲」的聲音在他的腳下響起。

偉強低頭一看，嚇出一身冷汗，那個該死的風箏，正陰魂不散的纏在他的腳上。小火車已經開來了，偉強沒有時間去解開它了，還是到車上再說吧！到了車上我一定要將你撕得稀巴爛，然後找個臭水溝扔進去。偉強惡狠狠地想。

火車很空，前幾個車廂都沒人，偉強打算下一節車廂就跳上去。忽然，他看見了那個女孩，她正在下一節車廂裡對他微笑，偉強也可以看到座位上的坐墊已經被女孩的血染透了。

偉強低頭看了看還纏在他腳上的風箏，很想大叫救命，但是喉嚨像被什麼東西堵住了，發不出一點聲音。

他開始明白自己完了，這叫什麼？劫數難逃！只是，只是他還有一點的不甘心。為什麼，報應在他的身上應驗的那麼快……

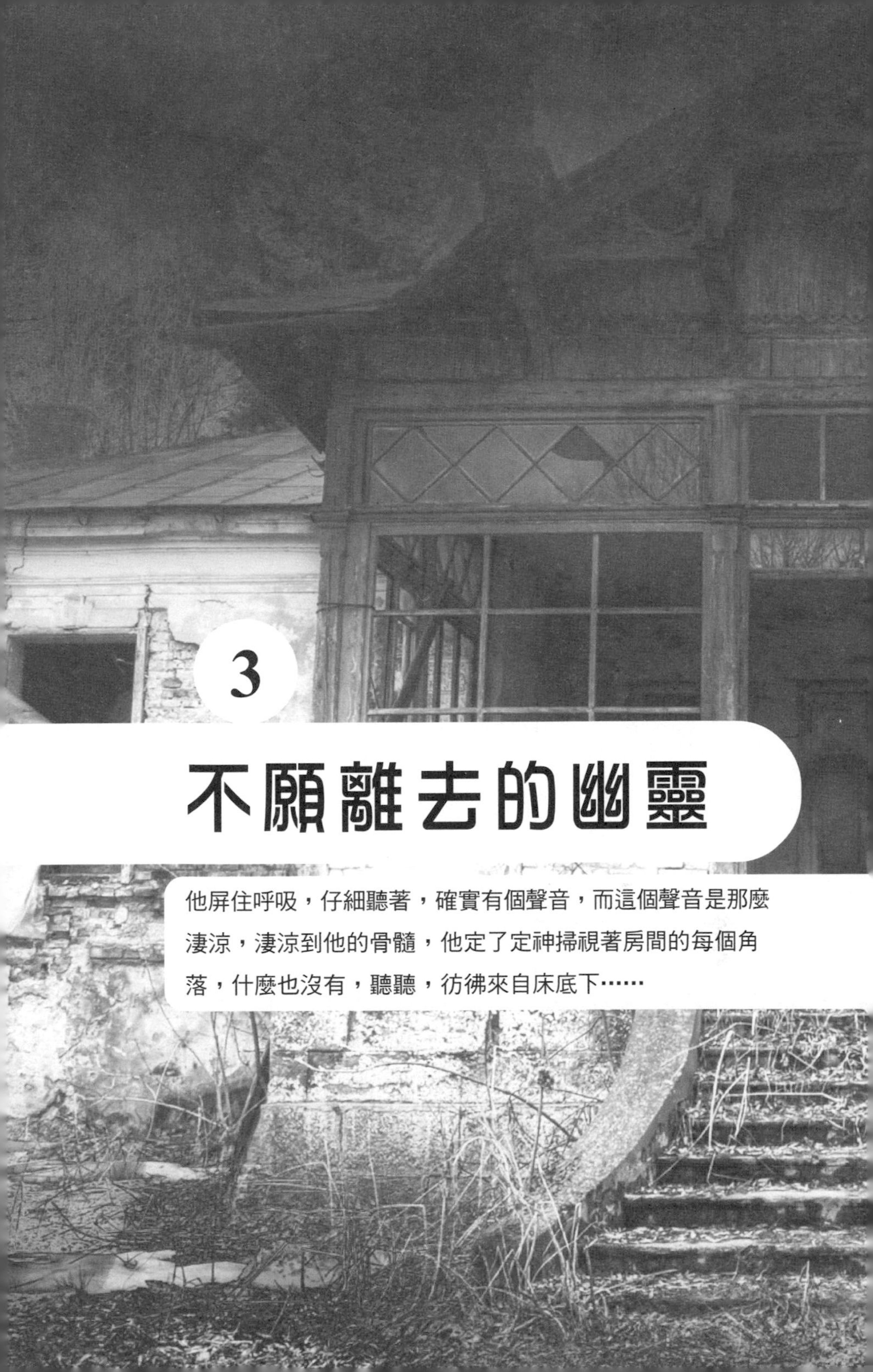

3

不願離去的幽靈

他屏住呼吸，仔細聽著，確實有個聲音，而這個聲音是那麼淒涼，淒涼到他的骨髓，他定了定神掃視著房間的每個角落，什麼也沒有，聽聽，彷彿來自床底下……

床板上的腐屍

這個世界上真的有鬼魂的存在嗎?或許誰都無法解釋這個問題，但我相信是有的，因為它們總是在某個地方某個時間，不經意的用某種方式提醒我們它的存在！

那是在十幾年前一個最冷的冬天，這年的冬天格外的冷，徹骨的寒冷讓每個人都只希望能夠躲在被窩裡或是火爐邊，在這個偏僻的小鎮上，再好的歌仔戲團來演出，也勾不起人們的慾望！

看著戲院裡面寥寥無幾的人時，團長不禁有些火大「他媽的，這種鬼天氣！」

小娟披著一件厚厚的棉襖走過來，一邊用手哈著氣一邊說著：「團長，今晚還演嗎？」

「廢話，馬上開始！」雖然人少的可憐，可是這場演出的氣氛卻出奇的好，幾乎所有的演員都是哼著小曲卸妝和拆台的。但是，住宿的問題卻讓他們開始頭痛起來。

這個戲院不知已荒廢多久了，唯一的一間房間是在二樓，他們白天去看過的，裡面什麼也沒有，只有一張破舊的木床，上面鋪著厚厚的墊被，那些墊被由於長時間沒人睡，已變得破爛不堪，而且房間還有一種腐爛的讓人想吐的氣味。不過，有床睡總比打地鋪好，這種腐爛的味道在這個時候卻變得不能讓人拒絕。

經過再三考慮，他們還是決定把這個優厚的待遇讓給小娟夫婦，因為小娟已經有身孕，也算是團裡面最需要享有特別待遇的對象。

他們顫顫的走在樓梯上，樓梯本來就非常不牢固，隨著他們的腳步「吱呀」的搖晃著，好像隨時都會斷裂一樣，同事的調戲聲從阿德後面傳來，「阿德，晚上可要好好的睡覺，可別弄出什麼聲音來呀！」

「去你的！」阿德回頭瞪了他們一眼，隨即便推開房間，頓時，那股腐爛的味道撲面而來，小娟不禁捂住嘴彎下身子。

「小娟，你沒事吧？」阿德關心地問道。小娟搖了搖頭，胃裡面一陣翻滾，這氣味實在讓她想吐，甚至有些窒息！

由於趕場太累，阿德一躺下就睡著了，可是小娟卻怎樣也睡不著。除了那種噁心的氣味，還有某種說不出的感覺讓她感到恐懼，她不禁往阿德身邊靠了靠，隱約中，小娟的耳邊傳來一個微弱的聲音，「背靠背真舒服！背靠背真舒服！」

小娟猛地睜開眼睛，四周一片漆黑，可是這個聲音仍在不斷的重複著「背靠背真舒服……」一聲比一聲淒涼。此時，小娟只覺得全身的神經繃成一塊，這不是丈夫的聲音，一定不是！

小娟想，這房間不只有他們夫妻兩人，這個聲音和他們共處於同一個房間，這念頭令她不寒而慄。她搖了搖阿德：「阿德，你聽，有人在說話！」阿德動了動身體，聽了一下：「沒有啊，別亂想，睡吧！」說完又倒頭睡了！

可是，小娟卻真的是聽到了這個聲音，她不知道這個聲音來自哪裡，但一定在這個房間。

「背靠背真舒服，背靠背真舒服……」那個微弱，淒涼的聲音又來了，彷佛一個幽靈，來自無底深淵！

小娟用力搖醒了阿德，聲音帶著哽咽：「阿德，你起來，你聽呀，真的有個聲音在說話，真的！」阿德翻身坐了起來，他意識到了事情的嚴重性，小娟不是一個會胡思亂想的人，肯定有問題。他聽了好一陣子，可是仍然沒有聽到任何聲音，他想，小娟是不是身體太虛弱了才會這樣？

突然，那個聲音來了，帶著淒涼，帶著空洞，在寂靜的夜裡顯得特別刺耳，一聲接著一聲「背靠背真舒服…」阿德只覺得全身的毛孔都豎了起來，他拉起小娟就往樓下跑，他們的舉動驚醒了所有的人。

「你們搞什麼？三更半夜的！」

「樓上的房間，房間有問題，裡面……裡面有聲音！」阿德仍然驚魂未定，聲音顫抖的非常厲害，再看小娟，她一臉慘白，全是汗水，她只是死命的抓著阿德的手。

「鬧鬼？怎麼可能？我活了這麼一大把年紀，從來就沒遇上這種事，有床給你們睡還不懂得享受？那我去上面睡了！」老陳一蹦從被窩裡鑽了出來。

「老陳，別……真的不要上去，我沒有騙你，真的有人說話！」

「怕什麼？我就這麼一把老骨頭了，還真想看看什麼鬼魂呢！」說完他真的向樓上走去，老陳是個年過六十的老頭，不演戲，只負責做飯的事情，鬧鬼對於他來說簡直是無稽之談，他嘲笑著搖了搖頭。

可是，一進到房間，一種異樣的感覺就不由自主的向他撲來，他不禁一顫，說不出的感覺，可是他仍是不相信的，於是他依然躺了下來。

不久，睡夢中一聲哀怨又淒涼的聲音傳了出來：「背靠背真舒服……」他屏住呼吸，仔細聽著，確實有個聲音，而這個聲音是那麼淒涼，淒涼到他的骨髓，他定了定神掃視著房間的每個角落，什麼也沒有，聽聽，彷彿來自床底下。

於是他壯著膽子，從床上爬了起來，趴在地上向床底看了下去，仍然沒有東西，驀的，他忽然發現在床板，沒錯！在床板上釘著一個人，一個死人，一個接近腐爛的人，被釘成十字架！

「背靠背真舒服……」老陳驚恐的瞪大雙眼，忽然發出一種野獸般的哀吼：「不——」所有的人衝了上去，團長一把將他拉了下來，癱倒在地的老陳只是不斷的重複著：「我什麼也沒有看見，我從來就沒有看到，我希望我什麼也看不到！」

而於此同時，他的雙手正向那雙幾乎要暴出眼框的眼眶挖去，而他的眼睛已經沒有血可以流了！因為血管早在那瞬間爆裂了，只有那稠稠的液體，白色的，慢慢的向下流，如同腦漿……

風流白骨

留學日本真的實在太辛苦了，每天除了抱著一大疊的教科書去弄懂那裡面數也數不清的定律定義之外，就是利用課餘的時間打工賺錢，支付日常的開銷。

在日本的台灣留學生們，依靠課餘的微薄收入來支付日常開支，真的不富裕，我不得不想盡辦法從各方面節約開支。為了節省開支，我只能與別人同租房子住。

真的很想找台灣人同住，但一時沒有找到，恰好有三個日本人他們說可以讓我與他們住在一起，條件是我一個人必須支付一半的房租。我算了一算，這仍然比我一個人獨自租房子住要省錢，於是就同意了。

這三個日本人都有一個奇特的綽號，翻譯成中文的意思是狂犬、野犬和花犬。與這三個日本人同住，真的如同搬到了狗窩裡一樣的難受。說實話我不想搬入狗窩，但想一想能少花一些錢，不樂意似乎也沒辦法了。

我提著行李搬到了狗窩裡，還好，狗窩不小。狗窩裡有一個很大的客廳，和兩個大臥室，我和狂犬住一個房間，野犬和花犬住一個房間。

第一天與狂犬同住，我幾乎整整一個晚上沒有睡著，他的鼾聲打得可以說是響徹雲霄，這還不算，腳臭得真的能把人薰到窒息。我不得不抱著被子躲到客廳裡去睡地板。就這樣，我在客廳裡睡了一個月。

這一整個月我都沒辦法好好睡，不過雖然沒有睡好，但一個月來也把這三條狗的脾氣摸透了；狂犬的脾氣暴躁，一天到晚大喊大叫、大聲罵人，真的像狂犬一樣，也許這正是狂犬的由來；野犬真不辜負他這名字，每天不知道到哪裡去野，總是天將亮時才回窩；花犬最受女孩歡迎，大概連心都是花的。

我對日本人從來沒有好印象，雖無奈與他們住在一起，但也懶得管他們的閒事。每天上課、打工、看書、休息，就是我全部的生活。

這天實在太累了，我在客廳裡才剛迷迷糊糊的要睡著，突然聽到花犬的臥房裡傳來一陣怪叫，把我嚇得毛骨悚然。接著，又聽到花犬的臥室裡不斷傳來一些唏哩嘩啦奇怪的聲響。

大概狂犬也聽到了這聲音，他大叫著「叭嘎」的從臥房裡走了出來，指著我又是「叭嘎、叭嘎」的亂叫，我搖搖頭指了指花犬的臥房，示意他這不是我弄出來的聲音，是花犬。我站了起來，跟狂犬一起推開了花犬的房門。

「呀！」我大叫了一聲，頭皮都發麻了，花犬臥房裡的光線昏暗，他正躺在一張骨頭做的床上摟著一個女鬼在親熱，那女鬼從嘴裡伸出鮮紅又超長的舌頭，一下一下地舔著花犬的臉。女鬼半邊臉沒有了皮和肉，露出白磷磷的骨頭，兩隻手掌細長細長的足足有三十公分，黑指甲已深深的掐入了花犬的肉裡。

我嚇得不斷往後退。納悶的是，狂犬絲毫沒有害怕，他瞪了我一眼用日語說道：「這有什麼好叫的？女人，難道你沒跟女人玩過嗎？」

我心裡想：「媽呀！這分明是鬼，怎麼是女人呢？」

花犬聽到了我們的聲音，抬了一下頭大叫著：「滾出去！」

狂犬哈哈的笑著走了。

我也躺回了自己睡覺的地方，心裡想著狂犬的話，「女人？也許那是女人吧，也許他們喜歡化妝成這個樣子，打扮成這個樣子也真夠刺激的。真是，有愛孫悟空的，就有愛豬八戒的，誰管得著誰呢？誰愛打扮成什麼樣子，就打扮成什麼樣子吧！」

漸漸的，我睡著了。天剛矇矇亮，野犬回來了。他疲憊的推開房門。首先吵醒了睡在客廳的我，我抬頭看了他一眼，心裡想：「看樣子，玩整夜也不是件輕鬆的事。」我們誰也沒有說話，他又推開了他和花犬的房間。

「啊！」的一聲，他退了出來，緊張的臉孔上沒有了疲憊。我站了起來，狂犬也從屋裡走了出來，罵著：「才幾點，就這樣鬼叫，不讓人睡覺！」

野犬用顫抖的手指著房間，話已經變的不太通順了，「你，你……你們看！」

我們順著他手指的方向向房間裡看去，花犬的床仍是原來的床，不再是那張骨頭作成的了，只是在花犬的身邊多出了一具骷髏。

我們三人小心的走了進去，仔細一看，花犬已經死了，他的全身潰爛散發著讓人作嘔的臭味。

狂犬首先說道：「怎麼好好的就死了呢，昨天晚上他還跟一個美女在親熱，那女人長得可漂亮了。」

我心裡仍在暗罵：「媽呀，是他的眼睛有毛病，還是我的眼睛有毛病，那女人那付恐怖模樣，他怎麼能看出那個女人很漂亮呢？」

警察來了，分別向我們詢問了一些情況，我把我看到的鬼告訴了警察，狂犬也把他看到的美女模樣告訴了警察。

警察檢查了花犬的屍體，斷定是死於梅毒；而那具骷髏是一具不知死了多少年的女性。

因為花犬死於梅毒，所以排除了他殺的可能性，花犬的屍體很快就被安葬了。

我一直很納悶，花犬雖然風流，就算染上了梅毒，也不會死得如此突然，而且……

算了，這世界上想不通的問題太多了，不想了，是怎麼回事就怎麼回事吧！

接下來，大家依舊過著正常的生活。持續了好幾個月的平靜日子。

這一天，平常都天將亮時才回窩的野犬感冒了，老實不少，早早就鑽進他的窩裡睡去了。午夜，一聲恐怖的嚎叫把我從夢中驚醒，這叫聲是那樣讓人毛骨悚然，又是那樣的熟悉。我想起來了，這就是花犬死的那個晚上的叫聲。

同樣，狂犬又走出了他的房間，同樣我們一起推開了野犬的房門，接著我又看到了花犬死前那個晚上恐怖的一幕。而狂犬是不是又看到了美女我無從得知，只是見他仍是笑著關了門，回自己的窩了。

這一夜我一直都沒有睡著，始終睜著眼睛，不敢關掉客廳的燈。而客廳的燈也變得異常詭異，光線非常不穩定的一閃一滅的。我看著那燈光覺得就像鬼火一樣，心裡不免又是一陣緊張，屋外「嗚—嗚—」地颳著風，怎麼聽都像鬼哭一樣，樹葉也被風吹得發出了沙沙的聲響。以往這些常常會聽到的聲音，此時卻顯得格外嚇人。從窗戶向外望去，以往那柔美的月光，今晚卻顯得淒淒冷冷的。

我心裡不安的感覺到，今夜一定會有什麼事情發生。我艱難的一分鐘一分鐘的熬著，熬過這漫漫的長夜。終於，天將亮時聽到了狂犬的開門聲。

我站起來指了指野犬的房門，說道：「他感冒了，我們去看看他好不好！」

實際上我的直覺告訴我野犬已經死了，但我不敢說破，才以他病了為藉口。狂犬點了點頭，我跟在他的後面，他推開了野犬的房門，媽呀，花犬死時那一幕又出現在了我們的面前。

這次狂犬也呆住了，「真是活見鬼了！」我肯定的說道：「是鬧鬼，這房子裡在鬧鬼。花犬死的那天晚上和昨晚，我看到的都是他們和女鬼在親熱！」

狂犬打斷我的話說道：「可是我看到的是漂亮的美女，哪有什麼女鬼？」

警察又來了，結論仍是死於梅毒。

我們找來了房東要求退房，不住了！可是房東不肯把已付的房租退給我們，只同意把我們的房租減半，我和狂犬都捨不得那些錢，沒辦法還是必須繼續住在這個鬧鬼的地方。

狂犬仍住在臥室，我不敢睡原來野犬和花犬的房間，仍睡在客廳裡。就這樣住了大約有半年多，這期間什麼怪事都沒發生，一切正常。睡在客廳總不如睡在臥室裡好，我決定睡到原來野犬和花犬的臥室去，但心裡多少還是有些害怕。為了去去穢氣，我把房間徹底的打掃了一番，把他們所有的東西都扔了出去。

就在我整理野犬的床時，發現了床上有一張很漂亮的日本女人的照片。我拿起來看了看，對自己說道：「這樣漂亮女人的照片，隨便扔掉有點可惜。」

於是，我順手把它放到了桌子上。忙了一天，感覺真累，我早早就睡了。夢中，我聽到一陣銀鈴般的笑聲。睜開眼，房間裡沒有以往那樣黑到伸手不見五指，屋裡的光線昏暗，我隱約看到一個女人坐在桌子上。

我心裡正在納悶，怎麼會有女人進來呢？還沒容我細想，那女人在手上一吹，吹亮了一盞蠟燭。

這時我看清了，這是一個日本女人，她穿著漂亮華麗的和服，從桌上下來，一步一步的向我走來。走到我的床前，用中文對我說道：「先生，要我陪你嗎？」

說實話，已經離家多年了，這些年一直沒碰過女人，這時候有這樣一個漂亮的日本小妞，又會說中文，實在倍感親切，真想一把將她摟在懷裡……

我向那日本小妞伸出了手，日本小妞的白嫩小手也向我遞了過來。就在我們兩隻手即將碰到時，不知怎的，我的潛意識告訴我，不可以，不可以，這裡接連不斷的發生著怪事。

我收回了手，向日本小妞大喊道：「你是怎麼進來的？你是誰？你來幹什麼？」

「先生！」小妞又向我走近了一些，我更提高了聲音：「給我滾出去！」

狂犬怒氣沖沖的推開門，大叫道：「半夜三更，你發什麼神經？」沒容我說話，那日本小妞又轉向了狂犬，她又用日語說道：「先生，我來陪你吧！保證讓你開心快樂！」

狂犬一陣狂笑，他走上前對我說道：「你是不是性無能啊？抱歉我享用啦！」

他一把拉著小妞向外走去。走到門口，那小妞回過臉來對我一笑。

突然間，那張漂亮的臉變成了鬼臉，半張臉是白骨，半張臉上的肉已經乾癟萎縮了，長長的舌頭從嘴裡一下一下的吐出來收進去，兩顆眼球似乎用橡皮筋連在眼眶上一樣，出來進去的彈跳著。

手也不再白嫩，而是黑黑長長的。身上的衣服不再華麗，而是一條一條的朽布。腿從破衣服裡露了出來，沒有肉，骨頭也已經發黑。

門關上了，狂犬帶走了女鬼，我也被嚇壞了。傻傻的盯著門，很長一段時間。

我慶幸自己沒上當。但是潛意識又告訴我，狂犬應該要出事了。

「不，雖然我討厭日本人，但我不能眼睜睜看著眼前發生著一件一件的殺人案。我必須去報警。」我走下床來，走到桌前想去打電話。

這時我才發現我的電話變成了一顆血淋淋的人頭，而這顆人頭上沒有嘴和鼻子，有的只是眼睛，所有的按鍵都變成了眨動的眼睛。看到這些，我兩腿都覺得有些發軟了，我不由自主的按住了桌子，我感到手按到了一個什麼東西，低頭仔細一看是一截人的手指。而且，我的手上已經沾上了很多的血。

我的眼睛盯著那可怕的電話一步一步向後退去，退到了廁所的門口，不由自主的拉開了廁所的門，順手按亮了燈，看了一看自己的雙手都已被血染紅，便走到洗手台前，想把手洗乾淨，再去想辦法報案。

當我打開水龍頭時，裡面嘩嘩流出的竟然都是血水。我嚇呆了，接著不知怎的就暈了過去……

第二天，警察叫醒了我，我才知道是房東太太來收房租，發現狂犬死了，他的身邊也有一具白骨。房東太太一時找不到我，就報了警。後來，警察在廁所裡找到了昏迷的我……

沒有人能弄清楚這三隻「犬」怎麼會就這樣離奇的死亡，警察懷疑我殺了他們，但無論如何他們都無法證明這個推測，也只好就這樣結案了。

狂犬被葬埋了，但那晚可怕的情景卻沒有隨之而去，它永遠留在了我的腦子裡。沒有人敢再來這裡住了，房東太太又把房租再減了一半，她說要我留下，她生活不富裕，這房租對她的生活太重要了。

這樣優惠的房租，再一次讓我動心了。我又留了下來，想找個伴與我同住，但這裡連續死了三個人的事，把別人都嚇壞了，沒人敢來，我只好自己住了。

我在整理狂犬的遺物時，發現了那張女人的照片在狂犬的床上。我馬上想起了，這不正是那天晚上的那個女人嗎？我拿著這張照片找到了房東太太，房東太太看了看說道：「這是我妹妹，她死了，死了好幾十年了。」

「她怎麼死的？」我急切的問道。房東太太坐了下來，慢慢說道：「那是第二次世界大戰，中日戰爭時期的事了。」我沒有打斷房東太太的話，聽她繼續講了下去，「我妹妹是這個地區有名的美女。家裡窮，她被拉去做了隨軍妓女。後來聽人說她得了病，死在了中國。」我兩隻眼睛眨也不眨的看著房東太太，房東太太繼續說道：「她的骨灰，她的遺骸我們都不曾見到。一年前，不知怎地我突然做了一個夢，夢見妹妹回來了，她對我說，她死得好冤。她說她得了那種病，就連做鬼時，鬼都嫌她髒。她恨那些男人們，恨那些玩弄女性的男人們。她要報復那些男人，就是化成白骨也要報復那些男人。」

聽到這裡，我插嘴說道：「是戰爭害了她！」房東太太聽了這話，略有所思的說道：「是呀！那場戰爭，給中國人，給日本人都帶來了災難，帶來了數不清的痛苦。」我從房東太太那裡回來，買了一個精緻的小盒子把那照片放了進去，把它埋到了一棵松樹下。

我輕聲的說道：「你要是活著，應該是我奶奶輩的人，可是你死了，年齡永遠停留在了青春年華，我只能說一聲——小姐安息吧！」

從此以後，那鬧鬼的房子再也沒鬧過鬼。

植物園奇遇

當我還是個研究生的時候，有好幾個月因為工作關係，每晚都要經過植物園，而且都是在接近午夜時穿過植物園。植物園晚上倒是蠻安靜的，但我一直覺得不是很可怕，因為人不少，通常都會有許多情侶，所以囉，並不會很陰森，直到那一晚……那是一個下著大雨的夜晚，我如常的在深夜要穿過植物園回到我租屋的地方，平常的這個時間，園內總是還有不算少的人，尤其是成雙成對的情侶，今天，可能是因為下雨的關係，人都不見了，就只有我一個人默默的在雨中走著。

就是那個下著大雨的晚上我遇到了她，她一個人靜靜的坐在園中的椅子上，沒有撐傘也沒有穿雨衣，就任憑風雨打在她的身上。

她是一個皮膚很白晰的女孩，不單臉白，連身上穿的衣服也是雪白的，大大的眼睛，長得很清秀，可能是膚色太白還是太瘦的關係，一眼就給人不是很健康的感覺。

我停下腳步，遠遠的看著她，可能她也發現我在注意她了，於是她也從長椅上緩緩站起，看著我。

原本我只是好奇，想走了算了，不過一來她發現我在看她，我也不好意思就這樣走開，另一點是風雨實在是蠻大的，站起來的她更顯得瘦弱，心裡也實在不忍就這樣置她不理。一定是有困難，要不然沒有人會在這麼大的風雨還待在外面的。

「小姐，你還好嗎？」我走近後問她，而她，只是點點頭。

她都示意她還好了，我也不知道要說什麼，只好做罷。

「嗯！這樣好了，這把傘你留著，這樣淋雨不行的。」就這樣，我把雨傘交給她，冒著大雨狂奔回家。

回到家，把自己弄乾後，應該是淋過雨吧，覺得特別疲累，躺在床上又無法入睡，心裡掛記的是那個奇特的女孩，心想，就算她有雨傘，應該衣服也早就濕透，這樣折騰一晚下來，不生病才怪呢！算了，管她這麼多，說不定人家早就走了……我就這樣在床上翻來覆去，最後想想，還是去看看好了，不然這樣子一定睡不著的。

外面的雨還是下著，當我遠遠看到她時，她並沒有撐傘，我的傘她還是拿在手上，其實我也不知道我能幫她什麼，只好問她是不是沒有地方可以去，她點點頭，就這樣，我告訴她如果她不嫌棄的話，我可以暫時收留她，她倒是很乾脆的點點頭，就這樣我帶她回我的住處，隨手拿些乾衣服給她換，告訴她我只能留她一晚，明天，無論她有什麼問題，都得離開。

隔天一早當我起床時，她已經離開了，我只發現在我的書桌上有一份早餐和一張紙條，上面寫著：「謝謝，保重」。

就這樣走了，不告而別，說真的我心裡還真有點被耍的感覺，不過想想也好，省得我麻煩，原本以為再也不會見到她了，沒想到，這只是開始。

隔天，我一如前一天一樣穿過植物園，經過昨晚遇到她的那個長椅時，我還轉頭看了一眼，她不在，當時心裡真的有點失落。不光是她是一位女生，最主要是我一個人住外面，住得又離學校有點距離，下了課又要工作，生活根本單調的很，如果……如果不用一個人住，不用每天下了班面對一個空房間，那也是很不錯的。

當我走上樓梯到我住處門口時，發現她居然站在我的房門口。

「還是沒地方可以去？」我問她，她依舊沒有開口，只是點了點頭，身上穿的還是昨天那套白衣，一套白得發亮的衣服。

她是怎麼弄乾淨的？我不知道，我也不知道怎麼開口問她這一天到哪裡去了，反正，有伴總比沒伴好，何況又是個女孩子。就這樣，我和她開始了一小段很奇特的「同居」生活。

說也奇怪，她總是在隔天我起床之前就消失，當晚又一定會在我房門口出現，而且，她從不開口，不論我問她什麼，她總是笑一笑，都不回答，要嘛就是點頭搖頭來表示，而且，每天早上我都會發現我桌上有一份早餐，是她準備的吧！

我一直都不知道她是誰，從哪裡來，叫什麼名字，為何會在這邊和為何不回家，甚至我也不知道她為何會不在，或許是我害怕我如果一直追問的話，她會就像每天早上一樣的消失不見，唯一不同的是，她每天早上留給我的紙條不再是「謝謝」，而是「晚上見」了……

像謎一樣的女子，就這樣我和她一起住大概一周吧！我一直沒有在白天看過她，也不知道她每天早上究竟是幾時離去的。

有一晚，我故意躺在床上不睡，想看看她是幾時離去，可是我一直躺到天亮，都沒有聽到開門聲。

當我起床時，發現一切依然如舊，她還是消失了，我不知是我沒聽到她開門的聲音還是……

我開始覺得有點不對勁，可是我又不敢追究，我不敢，還是不捨，我不知道。

出事那晚，我也不知怎麼回事，駕駛技術向來不錯的我居然會騎到摔倒。我只記得，當我醒來時人已經躺在醫院的病床上，右腳打上石膏，只能乖乖的躺在床上不能動。

醫生來看我時告訴我還好送來得快，要不然再慢一點的話我的右腳可能就得切掉了，我問他是誰送我來的，他說是一名女子，沒有留下姓名，也沒有說話，只是把我送到急診室，請護士轉交給我一個信封後就離去了。

我接過醫生手上的信封，打開來，只有一張紙條，上頭寫著：「晚上我再來看你」，就這樣簡簡單單的幾個字。

是她？除了她不會有別人。或許是她太奇特了，還是我早已習慣對她的一切都視為理所當然，所以當她那晚來看我時，我並沒有問她怎會這麼剛好遇到我摔車，她也依然沒有說話，只是臉上帶著微笑。

在醫院躺了一個多禮拜，這些天，她每晚都來，每晚來都帶些水果之類的，可是一樣都在天亮之前離去？只有一晚，當爸媽從南部上來看我時，那晚，我媽在病床邊陪我，她似乎沒有來，或是她來過可是我卻沒有發現。因為隔天一早我醒來時，發現床邊有一張小紙條，寫著「好好養病」。

我問護士，有沒見到晚上有個女生來看我，幾點來的，值班的護士說沒有，並問我長什麼樣子。我告訴她是每晚都來陪我的那個女孩子，護士的回答令我訝異，她說：「沒有，你每晚都是一個人，我們值班從來沒有看過你晚上有人陪，除了昨晚。昨晚你媽來陪你嘛，就只有昨晚有人！」

沒人見過她，只有我？我開始懷疑我是不是精神分裂還是怎麼了，可是如果她只是我幻想的話，那每天早上的早餐和紙條呢？難道是我夢遊做的？

這太離譜了，不可能，就算是，那送我來醫院的女子是誰，還有帶水果來給我的又是誰呢？一定有她這個人存在，不可能是我的幻想。

我出院後，因為傷勢未癒，只好休息一個月不工作，每天都只是去學校，然後回家。我出院的第一天晚上，她還是出現了，比以前早，天剛黑沒多久她就出現了，在我拆石膏前的那段日子，她每天來的工作是煮飯給我吃，幫我洗衣服，收房間，就像個……對！就像個女友，或是說老婆更恰當些，說真的，當時的我很希望她永遠不要走。

可是，她還是走了。在我拆石膏那天的早上，我一如往常的起床，吃她煮的早餐，一切都和平常一樣，不同的是紙條寫的不再是「晚上見」，而是「再見」。

她走後，我第一次上班那天，剛好和第一次遇到她那晚一樣下著大雨。走過遇到她的那個長椅，我坐了下來，把傘收起來，就像我第一次看到她一樣，一個人靜靜的坐著。甚至有把傘出現在我頭頂上幫我遮雨，我都沒有發現。

「不撐傘是會著涼的喔！」一個女聲從我身後傳來，我嚇了一跳，正想回頭時，又聽到：「不要回頭，我是來說再見的。」

是她嗎？我不確定，我從來沒有聽過她的聲音，可是不是她又會是誰？現在，換我不說話了，然而，我不是不想說話，而是不知道該說些什麼。

「傘還你，我走了，再見！」我依舊沒有回頭，她從我身後把傘遞給我，我只敢側著頭看著她的手，白色的袖子，而那把傘，是我第一天遇到她時借她的那把，沒錯，是她沒錯。

「妳……總該告訴我，妳叫什麼名字吧？」

我好不容易擠出這句話，可是太遲了，她並沒有回答，當我站起來回過頭時，她已經走了。而我一直到現在，都未曾再見過她。

五年後，我畢業了，也退伍了，在一家外商公司上班，在那邊認識我第一個女朋友，也是現在我的妻子。當我第一眼看到我老婆時，覺得她好像在哪見過，可是我想不起來，一直到第一次去她家吃飯……

那天飯後，在她房內她把她小時候的照片拿給我看，她小時候的照片都是和另一個女孩合照的。

「這小女孩是誰？」我這樣問她。

「哦！那是我姐。我告訴你，我姐很漂亮，只是，在我讀大學的時候，她因為被她男朋友拋棄，一時想不開就自殺了。想想，到現在也有五年多了。」

她並叮嚀我不要在她爸媽面前提起，怕他們傷心。

五年？我忽然想起來為何覺得她似曾相識了，我問她有沒她姐大一點的照片，當她拿給我看時，果然是她，那個總是穿白衣的女子，只是照片中的頭髮是長的，而我見到的則是短髮。

老婆看我拿著照片發呆，問我怎麼回事，我把一切仔仔細細的說給她聽，她說不會啦，一定是巧合，長得像而已。

她又說：「而且因為我姐自殺前一天還說要把頭髮剪短，沒想到隔天她就走了，所以，我們安葬她前有把她的頭髮剪短，因此你遇到的如果真是我姐的靈魂的話，那也應該是長頭髮！」

聽到這句話，我更確定是了，「你姐走時你們給她穿一身純白的連身洋裝對嗎？」

我老婆點點頭，說：「難道真是我姐？」當時，那女子寫的每一張小紙條我都仔仔細細的收留著，後來拿給我老婆比對，真的是她的字跡。

我不知道當時為何她姐會來找我，到底是因為她知道我會是她妹未來的先生，所以來找我，還是有別的原因，我不知道。

婚後，常常晚上帶著老婆去植物園漫步，喜歡走在她身後，隔著一段距離看她緩緩的走著。每回這樣，我總是懷疑自己，到底是因為她像她姐，所以我才喜歡上她，或是……，算了，何必追究這些。

水塘怨靈

有一座私立大學，位於台北市郊，平時就流傳著不少令人納悶的不可思議的故事。有一個女生寢室，住著七個女生，平日裡相安無事，但是有一晚，住在下鋪的一個女生（我們暫且叫她小萍吧）怎麼也睡不著。

這一晚出奇的安靜，靜得連自己的心跳都能聽到。室友們都睡了，只有小萍在床上翻來覆去，睜大了眼怎麼都睡不著。她看了一下床頭的鬧鐘，兩點了，「噢，快睡吧，明天還要上課呢！」她喃喃地對自己說著。

她仰著臉，突然，她發現床上掛的蚊帳在慢慢往下沈。住過宿舍上下鋪的朋友都知道，掛在床上那蚊帳從上鋪吊下來的樣子。她有點納悶，剛開始還以為是風，但漸漸的發現好像有個東西從蚊帳上面印下來，小萍仔細看看，是一個人臉的樣子從蚊帳上浮現出來，慢慢清晰起來。就像一個石膏的人臉，而且是個男人的臉，還在對她笑。

小萍渾身發冷，一躍而起，大叫一聲，全寢室的人都醒了。

大家紛紛詢問什麼事，小萍瑟瑟的發抖，指著床，「有鬼，有鬼。」全寢室的女生嚇了一跳，但左看右看，什麼也沒發現，「你在做夢吧？」

「別開玩笑啊！」大家都還是有點害怕。

「可能。」小萍也搞不清怎麼回事。

「算了，睡吧，你一定做噩夢了。」就這樣，大家又回到床上，這一晚，相安無事。

但是，從此以後，這個石膏一樣的男人臉，就纏上了小萍，每晚都出現，這個寢室的人也再沒睡好覺。

不可能每天都做同一個夢吧？大家決定向學校反應這件事，但有誰相信呢？教務處有一個主任想了想，告訴小萍和她的室友：「你們今晚回去睡，我帶幾個保全人員守在寢室外，一旦有事，你們就叫我們。」

夜晚來臨，小萍和室友們早早上了床。教務主任和五、六個保全人員，以及十幾個自告奮勇的男學生守在門外。

「這麼多人，那鬼還會出來嗎？」不知誰嘀咕著。午夜兩點，小萍死死地盯著上面的蚊帳，那石膏一樣的男人臉會出來嗎？

一切都安安靜靜的，慢慢地，蚊帳往下沈，又來了！那個白色的男人臉一樣的出現，一樣的盯著小萍笑，今天還笑得特別明顯。

「來啦！……」小萍大叫一聲，剎那間，門外的人一湧而入。

「哪裡？哪裡？」……

「他沒走，他沒走，在那兒，還在笑。」納悶的是，只有小萍能看到，其他人卻看不到。

「在哪兒啊？」大家都搞不清楚，在房間裡左顧右盼。

「在窗戶那兒，……在那兒……到門口了，他要出去了……」大家隨著小萍的手指方向，什麼也看不見。

「他的意思，可能是要我跟他走。」小萍指著門口。

「那就跟著他。」教務主任說。於是，一大幫人擁簇著小萍出了寢室。

小萍跟著那張臉，大家跟著小萍。

不一會兒，走出校門，來到校外的一個爛水塘邊。那張臉對著小萍笑了一笑，一躍而入。

「他跳進去了，跳進去了，不見了。」小萍叫著。

「明天一早就叫人抽乾水塘。」教務主任吩咐。第二天，有關部門前來抽乾了水塘，猜猜發現了什麼？一具男屍。原來，幾個星期前，這所大學一個男學生失蹤了，學校、警方四處尋找無果，想不到淹死在這裡。後來，證實了男屍正是那個失蹤學生，他是失足掉入爛水塘的。

警方把這男生生前照片給小萍看，小萍認出那白色的臉正是此人。也許，是這男生屍骨未寒希望有人發現吧，但是他為什麼找上小萍，就不得而知了。

網路遇到鬼

小艾上網也有一年多了，她最大的樂趣莫過於和形形色色、各式各樣的人聊天了。她很喜歡聽別人講述自己的經歷，所以，在聊天的過程中她通常是扮演聽者的角色，靜靜地看著文字，她總會想，有網路真好，能讓我結交這麼多朋友，聽到這麼多人的故事。

這天，小艾照例打開電腦，開起即時通，準備大聊一番。這時，一條消息傳來，請求讓小艾加自己為好友，她的請求是在這樣的：一個寂寞得想要尋求解脫的人。

小艾很好奇，寂寞得想要尋求解脫的人？她為什麼想要解脫呢？她一定有一段獨特的經歷嘍？在好奇心的驅使下，她同意了她的請求。

「你好。」小艾先向她問好。

「你真好，這幾天都沒有人理我，連在即時通上，也沒有人願意和我聊了。」解脫回道。

「真的嗎？為什麼呢？」

「因為別人都當我是累贅，我真的很失敗啊……」

「怎麼會呢？是他們不好，只要自己快樂就好嘛，何必管別人怎麼說呢？你說是嗎？」小艾馬上安慰她。

「我有一個弟弟，爸媽和親戚朋友都喜歡他，而我，只是一個不起眼的醜女孩而已，根本沒有人會喜歡我。從小到大，他們都很討厭我，認為我是累贅，甚至想要把我丟掉。」

「他們怎麼能這樣呢？太過分了！」

「哎，其實我也知道，自己長得醜，腦袋又笨，脾氣又壞，連我自己都常常想，上帝為什麼讓我來到這個世上？是為了讓我遭到別人的唾棄嗎？我真的不知道……」

「不要這樣想嘛，每個人活著都有意義，不要自暴自棄嘛！」

「像我這種又醜又笨的人，活著又有什麼意思呢？」

「你千萬別這麼想啊！」過了一會兒，還不見這個叫解脫的女孩說話。

「你還在嗎？千萬別做傻事哦！」小艾開玩笑地說道。

第二天的早晨，小艾的媽媽來叫她起床。

「小艾，小艾，起床了。」

「哦，知道……了。」她揉揉眼睛，睡眼惺忪地說。

「小艾啊，你知不知道，昨天啊，有個和你年齡差不多的小女生跳樓了。」

「真的嗎？」她愣了愣，不會就是昨天在網路上聊天的解脫吧？

「你這孩子真是的，難道媽媽還會騙你？」小艾的媽媽有點生氣。

「好嘛，知道錯了。」

「好了，快點穿上衣服，今天我們還得去一趟超市呢！」

「唔。」她敷衍著媽媽，心裡還想著這個跳樓的女孩。真的會是她嗎？在去超市的路上，小艾的媽媽還在嘀咕著這件事。

「小艾呀，你千萬不能這樣，知道嗎？」

「知道了。」小艾有點不耐煩了。

「這孩子，什麼態度。老媽養了你十七年啊，你可不能讓白髮人送黑髮人啊！」

「媽！你放心，我絕對不會這麼做的。」回到家，小艾迫不及待地坐到電腦面前，打開即時通，想證實一下，這個跳樓的女孩到底是不是她。

「哦，還好，解脫還在線上。」她鬆了一口氣。

「還好，你還在。」她向解脫發了一條消息。

「怎麼？你以為那個跳樓的女孩就是我？」

「剛才是這麼擔心的，不過看到你還在線上，我就放心啦！」

「我們能見面嗎？」

「見面，我得考慮考慮。」當天晚上，小艾怎麼也睡不著，應該和解脫見面嗎？和網友見面，媽媽肯定不會同意的，但是真的好想見見她，想看看她究竟長什麼樣，究竟是個怎麼樣的人。哎，到底是見還是不見呢？真傷腦筋。算了，還是去吧！第二天，小艾上了即時通。

「沒問題，我們見面吧！」

「真的嗎？你願意和我見面？」

「是真的啦，那，我們約在什麼地方呢？」

「在三張犁的擱再來酒館好不好，晚上十一點，我們在那裡見！」

「什麼？去酒館？不太合適吧！」

「我就知道，你還是不肯和我見面……」

「我真的不是這個意思，我是想，酒館，又是晚上十一點，那麼晚，出來不太好吧！」

「算了。」

「哎，好啦，好啦，就在擱再來酒館，晚上十一點，不見不散。」無奈，小艾答應了她。晚上十一點，又是去酒館，老媽才不會讓我去呢，哎，也只能騙她一回了。

「媽。」

「什麼事啊？」

「嘿嘿，您真聰明。」

「快說吧，別賣關子。」

「好嘛，好嘛。今天，是我的好朋友的生日，她請我去參加她的生日聚會，而且，讓我今天晚上住在她家，你同意嗎？」

「還要住啊？」

「是啊，你同意嗎？」

「這不是太麻煩人家了嗎？」

「哎喲，就讓我去嘛！難得的事嘛，以後不會啦！」

「這……」小艾的媽媽考慮了一下。

「算了，算了，去吧，不過，你給我記住啊，別給人家添麻煩，安分點啊！」

「母親大人，遵命！」小艾晚上五點出門，在肯德基待了幾個鐘頭後，看看時間差不多了，準備搭車去赴約。

「司機，我要去三張犁的擱再來酒館！」

「小姐，那麼晚了，去那種地方幹什麼？」

「哦，我去見網友。」

「你還是不要去，那裡很偏僻啊，而且……」

「而且什麼？司機先生，您說下去啊！」

「而且，有那種東西。」

「哈，您在開玩笑吧？世界上根本沒有什麼鬼怪之類的東西，您多想了吧！」

「算了，就載你一程吧！」司機勉強答應了下來。

車上有一份報紙，小艾藉著月光，看了起來。頭版頭條就是媽媽說起的跳樓女孩的事。上面還有一張圖片，一個女孩穿著一件白色連衣裙，披著一頭長髮，準備跳下樓去。活得好好的，幹嘛非要去尋死啊？小艾實在想不明白。

「小姐，到了，你是真的要去嗎？」

「啊，到了，那謝謝您了，司機先生。」

「小姐，你還是別去了。」

「謝謝您的好意了，但是我非去不可。」

「那……那我在這裡等你吧，遇到什麼突發狀況就趕快跑出來，我們就走，怎麼樣？」

「那您不做生意了？」

「哎，我可不願意看到一個好端端的女孩就這樣去了。知道嗎？有事趕快跑出來。」

「那真是謝謝您了，我進去了。」小艾暗自嘲笑道：「堂堂一個男子漢，還怕這種東西，真奇怪。」她走進擱再來酒館，裡面光線很昏暗，每個桌子上點著一根白色的蠟燭，發出幽幽的光。

再仔細看看，裡面的人都穿著白衣白褲，她不禁想著，真是見鬼了，難道這裡是喜歡白色的人聚集的地方嗎？她看了看手錶，正好是十一點了，那解脫呢？她來了嗎？

「喂——」一隻手突然搭在了小艾的左肩上。

「啊！」她尖叫了一聲。

「誰，是誰？」她嚇壞了，大喊道。

「是我，解脫。」

「哦，原來……原來是你啊。」她用手拍了拍胸口。

「你可真是嚇死我了。」

「真的嗎？我不知道呀……」小艾細細地打量著她，她穿著一身白色連衣裙，披著一頭長髮。

「怎麼？覺得我很醜是嗎？」

「沒有啦，我沒有這個意思。」

「有也沒有關係，反正我習慣了……」小艾頓時覺得一股寒意油然而生，也說不出是怎麼了，總覺得這個擱再來酒館瀰漫著一股詭異的感覺。

「我們，我們坐下聊吧！」

「好……」

「服務生，我們要兩杯果汁。」

「小姐，你要果汁嗎？」服務生走過來，他也是穿著一身白衣。

「是啊，怎麼?沒有嗎？」

「嘿嘿，小姐，被您說中了，我們這只有白開水和米酒，您要什麼？」

小艾看看四周，果真，這些人的手裡不是白開水就是米酒，再看看吧台，除了水就是米酒，還真的是沒有其他的東西了。

「你們這裡真怪，怎麼只有這兩種啊，算了，來兩杯白開水吧！」

「好的，您等一下。」小艾點完水後轉身對解脫說：「這兒蠻怪的哦，只有水和米酒。」

「是啊……」在燭光的映照下，解脫的臉顯得格外蒼白，根本沒有血色。

一陣風吹來，吹起了她的裙襬，這時，小艾才看清楚，她沒有腳！小艾嚇壞了，她慌忙起身：「解脫……我……我不舒服，先走了，你慢慢喝啊！」

「這麼快啊……」

「我……我走了。」小艾低著頭，快步走著，幾乎快跑了起來。

「別走啊……別走了……」解脫緊緊跟在後面。

小艾一臉恐懼的跑回車裡，那司機一看，知道情況不妙，馬上發動了車，加足馬力開了起來。

解脫仍然不放棄的跟在後面，直到一棟大樓前，她停住了，伸出手呼喚著小艾：「別走啊……別走啊……」

到了家，小艾連連向司機道謝：「司機先生，謝謝，真是太謝謝您了，要是沒有您，真不知道會怎樣，謝謝。」

「沒有關係，你記住了，晚上別去那種酒館！」

「嗯，知道了。」

「好了，我也得去做生意了，為了你，我可是少載了許多客人啊，呵呵。」

「好，慢走。」

第二天，小艾想了起來，昨天見到的那個解脫，她穿的衣服和那個跳樓的女孩一模一樣，而昨天她停下的大樓，正是她跳下去的那棟樓。

從此以後，小艾再也不敢去會網友了，而且，她的左肩每每去酒館的時候都會隱隱約約疼起來。

傳說，解脫常常去騷擾一些十七歲的女孩，她會在即時通上不停地說：「別走啊……別走啊……」

貓魂

這是發生在我童年時的一件難忘的經歷。當時我大約十歲，由於暑假，所以去朋友家小住，每天主要的節目就是和社區裡的小朋友玩耍。

有一天，有位叫阿言的小朋友又如常地找我到公園玩，其中一位玩伴叫成仔，成仔有一隻天竺鼠，是他心愛的寵物，不論去那裡，他都會帶著牠一起去。我們一行六、七個人在公園中玩得興高采烈，完全沒有留意成仔的天竺鼠正被一隻貓咬著，直到我們發現時，天竺鼠已經死了。成仔當時很不爽，就用一塊大石頭把那隻貓打死。

當時大家都沒有把事情放在心上，直到第二天早上，成仔的媽媽打電話給我們，說成仔病了，叫我們去他家看他。

當我們到達時，我看見成仔坐在床上不斷哭泣。他告訴我昨晚做了一個怪夢，他夢見被一隻貓追，他一路走，貓的身型就開始變大，甚至比他的身體還要大。最後，貓就用兩隻前爪抓住他的兩邊肩膀，就在這時，成仔就醒了。

當他定了神之後，他發覺自己的肩膀竟然無端多了兩道疤痕，每邊肩膀有三條痕，但是完全沒有血漬，就像是受了傷後已經康復了一樣。而且疤痕很整齊，兩邊的長度寬度也是一樣的。我看到後也忍不住哭了出來，因為阿成的媽媽怕我們驚嚇到，當天就送大家回家，之後也沒有提這件事。後來我每次遇到成仔，都看見這道疤痕仍然存在。

我的前世親人

相信各位多少都有過無法解釋的經歷，但或許我的經歷是比較少見的。從小到大，從不曾看過，聽過，因為我不曾接觸，所以根本不相信有靈異的存在，直到我的前世父母及未滿周歲即夭折的弟弟來找我，我才不得不相信這一切……

前年的夏天，我發生一場車禍。車子毀了，幸運的是全身上下只受輕傷，但因為有骨折，所以必需到醫院接受治療。

車禍之後，爸爸回到出事的地點，想幫我把置物箱的東西帶回家，他意外的發現我的護身符掉在地上，便順手撿起，一併帶回去。

回家後，爸爸問起我出事時護身符有沒有掛在身上，我也不想騙他，便說放在機車置物箱裡。爸爸覺得很納悶，因為我的座墊並沒有斷裂，那護身符又是怎麼掉出來的呢？

爸爸愈想愈不對，就硬拖著兩隻腳都打上了鋼釘的我一拐一拐地走到家對面的城隍廟拜拜，然後又幫我求一張平安符掛在身上。

雖然不太想掛，但想到爸爸的一番苦心，也不想推辭。那天晚上我因為洗澡不方便，又不想要麻煩爸爸幫忙，所以只好早早入睡。十一點十二分，一陣劇烈的晃動把我搖醒，揉揉眼睛卻是漆黑一片。我起身去把床頭燈轉開，看看時鐘，又倒頭再睡。至於剛剛的那一陣晃動，我只猜測應該是地震吧！

才閉眼不到一分鐘，又一陣搖晃幾乎要把我搖到床下。睜眼想把腳重新放好時，赫然發現寢室的天花板上有一位年約二十歲出頭的白衣女子，我心中一愣，並沒有太大的恐懼感，但她好像愈飄愈近，這令我不得不打個冷顫，全身從頭到尾竄過一陣寒意。

漸漸的，我開始覺得呼吸困難，她也已經飄到我的面前，使我不得不將頭往側邊轉過去。她的臉是綠色的，跟電影的一樣，我開始使盡力氣想爬出房間，但就是爬不動，想喊也喊不出聲。

就這樣掙扎了幾秒後，她開始往我的下半身移動，最後她抓住我的腳，我的右腳。天哪！她想拉我走，我雙手緊緊扳住床頭，卻又感覺到有另一股力量在拉我的左腿，但力量顯然比那個女的來的小。

慢慢地，我的力量耗盡了，無力抗拒但心有不甘。我自認不曾做過傷天害理之事，又為何會找上我呢？眼中充滿憤怒的我，不由自主的怒視他們，嘴巴已無力說話，但心裡罵的全是髒話。

就這樣，那個攀在我小腿上的弟弟先是從地毯中陷了下去，他真的好小好小。然後，那個女的也不見了。恢復平靜後，只剩下一身的疲備與狼狽。我開始慢慢地一步步爬出門口，用力敲了父母臥室的門，然後，便完全沒印象了。

隔天一大早，我才發現我睡在爸媽的中間，爸爸說我昨天像是中了邪一樣話也不說連眼睛也不眨一下，完全呆滯，所以打算帶我去給師父看看。

從小到大，爸爸就常常帶我們全家人去木柵指南宮拜拜，自然在那裡也添了不少香油錢，進而熟識了幾位法師。

法師口中念念有辭，說是在幫我收驚。於是爸爸便和法師走到一旁，他們所談的我一個字都沒聽清楚。一個禮拜之後，我才知道那是我前世的媽媽和弟弟。他們來找我是因為想我，況且他們都還不能輪迴轉世，必須等到修完上輩子的業障才可以投胎。

師父說我這次的車禍能夠平安無事，是因為我前世的母親和弟弟有來保護。聽到這個消息，我心中充滿著無限矛盾，唯一希望的，就是他們能儘快把上輩子的業障修完，不要再受苦了。

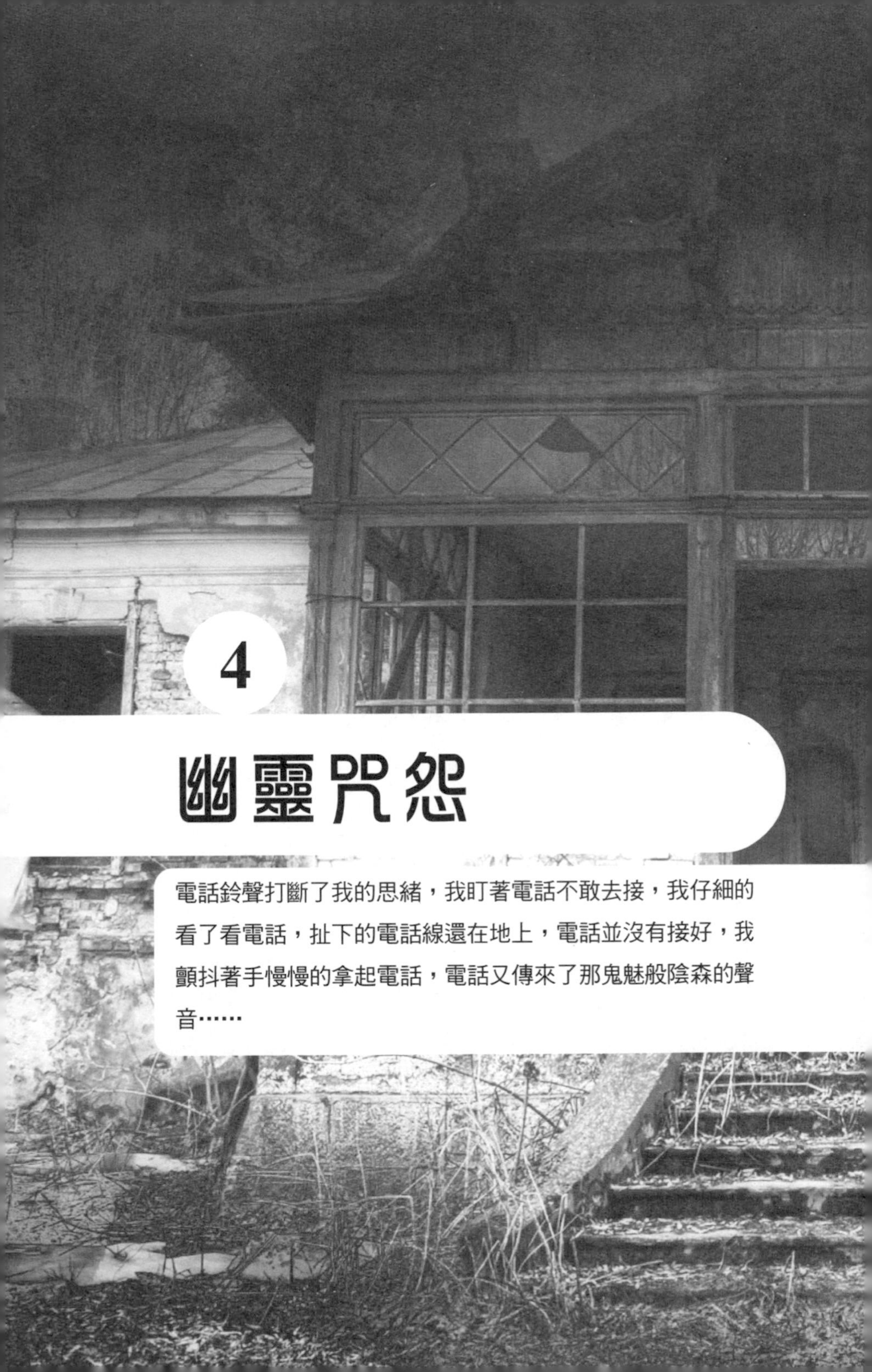

4

幽靈咒怨

電話鈴聲打斷了我的思緒，我盯著電話不敢去接，我仔細的看了看電話，扯下的電話線還在地上，電話並沒有接好，我顫抖著手慢慢的拿起電話，電話又傳來了那鬼魅般陰森的聲音……

你家有鏡子嗎？

畢業之後來到這個城市也已經快兩年的時間了，畢業的時候曾做過推銷員，跑過業務，最深切的感受就是人情淡漠得像一杯白開水。後來進了一家外商公司，現在已經成了人力資源部的一個小經理，在別人的眼裡也算是粉領主管了吧！

儘管生活快兩年了，但是畢竟在這個城市中算來我還是一個外來人，每天快節奏的工作和壓力，連交朋友的時間都被壓榨得所剩無幾。時常在夜深的時候，我還坐在電腦前繼續著自己的工作，沒有親人的關心，沒有朋友的問候，寂寞更侵蝕著我的寂寞芳心。

小鈴是個乖巧的女孩，大學畢業才不久，進入公司之後她成了我的助手，小鈴來了之後我感覺自己的壓力減輕了不少，她是個得力的助手，也是個很知心的朋友。

她和我一樣孤獨的生活在這個城市裡，她自己租了一間套房而我則住在公司為我安排的宿舍裡。我曾經幾次叫小鈴搬來和我一起住，大家也好有個照應，但是她堅決不同意，她害怕因為我對她的幫助而讓我在公司不好做人。

看她那麼堅決，我便也不再勉強，但是在心裡便對她更多了一份憐惜。

我去過小鈴租的地方，一個台電員工的宿舍社區。小鈴住在社區的五樓，生活機能都還不錯，因為考慮到要方便連絡，我就叫她加裝了一支室內電話。

小鈴很愛漂亮，在屋子裡放了一面好大的鏡子，我看她在鏡子前轉來轉去的，還打趣她說：看哪天鏡子裡照出個妖精來。她便滿臉通紅的不說話。

一個多月前的周末，小鈴照例來到我的宿舍，這已經是慣例了，每個周末小鈴和我就會難得的自己動手做一頓晚餐，只可惜我們兩個的廚藝都不高明，不是太鹹了就是太淡了，吃完了收拾碗筷後我們便又跑出去大吃一餐，但是做飯的那種樂趣卻可以讓人回味無窮。

不過和小鈴同來的還有一個女孩，看來很活潑和健康，年齡大概和小鈴一樣大，小鈴介紹說是她大學同學叫冰兒，也來這個城市工作，她們是前幾天才聯繫上的，便一起來我這裡。

我很高興又多了一個夥伴加入我們的行列，最開心的是冰兒比我們都能幹，還能做一手好菜。

那天晚上我們真算是盡興了，為了歡迎冰兒的加入我們還特地買了一瓶紅酒以示慶賀，冰兒很可愛，和小鈴的文靜相比較起來完全是另外一種類型。

後來的幾個星期因為有冰兒的加入，我們的聚會便顯得活躍了許多，她總是能想出許多的小花招來逗人開心。不過冰兒來了兩個星期之後便沒有再來了，我問小鈴是怎麼回事，小鈴搖搖頭說不知道，我想或許是忙吧，便也就沒有在意了。

最近小鈴的臉色一直不好，上班的時候也老是無精打采的，我對她最近的工作表現非常不滿意，準備的文件老是出錯。當我再拿著一份短短一篇便出現十多個錯字的文件扔到她面前時，她的眼睛裡湧出了淚水。

下班之後，我將她留了下來問她：「小鈴，你最近怎麼了？老是精神恍惚的……」她眼中的淚水又開始湧了出來，搖了搖頭沒有說話。

「發生了什麼事情？」我有些按捺不住，我是個急性子，小鈴在我的心裡一直就像是我的妹妹，所以對她的事情我格外的在乎。

「真的沒有什麼……」小鈴開始哭出聲來。

「那你最近上班怎麼無精打采的？」

「晚上睡不好。」小鈴抬起頭來看著我。

「怎麼回事？」

「最近老是做惡夢。」玲抽抽噎噎的說著。

我鬆了一大口氣，還以為有什麼大不了的呢，我笑著摸了摸她的腦袋說：「真是個傻丫頭，肯定是你整天疑神疑鬼的，以後沒事別看那麼多的鬼故事和恐怖片。」

小鈴看了我一眼沒有說話，我感覺她的神情非常怪異，但又說不出一個所以然來。

周末，小鈴和冰兒沒有像以前一樣來我家，我打了電話過去，一直占線，手機也關機，這女孩今天是怎麼回事？晚上我一直睡不著，想著小鈴這兩天怪異的神情，便又撥了電話過去，還是占線，我又撥她的手機，通了，接著傳出一個低沉的女人聲音：「你家裡有鏡子嗎？」

我愣了一下，喂了兩聲，沒有聲音了，我將電話掛了，看看號碼，是對的呀！想了想再撥，通了，還是剛才的聲音：「你家裡有鏡子嗎？」

我傻傻的看著手中的電話，突然一下笑了出來，這個女孩竟然搞這種怪里怪氣的電話錄音，在哪裡學會玩這一招，真淘氣。想著她還有心情玩這樣的把戲，便也就沒有那麼擔心，鑽進被窩裡沈沈的睡了過去。

第二天外面下起了大雨，在電腦前坐著完成沒有做完的工作，想著昨天的事情我突然覺得有些怪異，我拿起電話又撥給小鈴，還是占線，撥手機，關機了。

我決定去小鈴住的地方看看，外面的雨真大，手上的傘根本無法擋住風雨的狂暴，招了輛車，坐上去時我感覺我的身上都擰得出水來。在小鈴租的社區門口下了車，我拿著傘便向前衝去，這時聽到身後傳來一聲：「丁大姐！」我站住，回過頭去看，小鈴站在路邊望著我。

「小鈴，你要去哪裡？」

「我去超市買點東西，一會兒就回來。」小鈴站在雨裡大聲的喊，風將她的聲音吹得到處飄散。

「你去吧，我在樓梯間等你。」我對她揮了揮手，轉身向樓梯間走去。

外面的雨實在太大了，我的整個身子都濕透了。隱約中，我看見一個熟悉的身影，穿著一身黑色的衣服，慢慢的走進樓梯間，我仔細看了看然後叫了一聲：「冰兒！」那個身影站住了，然後慢慢的轉過身，是冰兒，她整個臉都沒入樓梯間的陰影裡。

「冰兒，等一下。」我喊了一聲，慢慢的跑過去。冰兒站著沒有動，突然幽幽的說了句：「你家裡有鏡子嗎？」

「有啊，你來過我家的呀！」冰兒沒有再說話，轉過身向樓上走去，我納悶的望著她，然後追上去：「冰兒，等等啊！」

我轉過樓梯間，樓梯上空空的什麼也沒有。

我一口氣衝上五樓，還是沒有人，我自問自答的說：「怎麼回事？真是見鬼啦！」

我明明看見冰兒的呀，怎麼一下子就不見了，我想她可能就住在這一戶，然後開門進去了。

我搖了搖頭，心想真是小氣，看我站在這裡也不招呼我進去坐坐。沒多久，小鈴提著大包小包的東西回來了，我幫她接過手上的東西，問道：「小鈴，冰兒也住這幢大樓嗎？」小鈴馬上抬起頭來看著我：「什麼？」我可以感覺到，她的聲音有些慌張。

「冰兒啊，我剛才看見她了，就在樓梯間啊，她上樓來了，我有叫她，她還和我說話呢！可是一會兒就不見了。奇怪了，她開門進去的時候也不叫我一聲。」

小鈴在袋子裡找了半天找不到鑰匙，我探過頭一看便伸手將鑰匙抓過來打開。我們才走進屋裡，小鈴就砰地一聲將門關上，關門的聲音把我嚇了一大跳。

我納悶的看著小鈴：「怎麼啦？是不是和冰兒吵架了？我剛才看見她還以為她是來找你的呢！」

小鈴慢慢的將袋子裡的東西往外拿，我探頭看了她的臥室，亂糟糟的，這可不是平日的小鈴啊！我一邊收拾著她亂七八糟的東西一邊埋怨：「你看你，一個大女孩，還不知道要收拾自己的房間，亂成這樣，還有辦法住？」

我突然想起剛才冰兒對我說的話，然後抬起頭望著小鈴：「小鈴，你說奇怪不奇怪，剛才冰兒看見我的時候問了我一句話，怪怪的，她問我，你家裡有鏡子嗎？她去過我家的啊！怪里怪氣的。」我笑著搖了搖頭。

小鈴突然大聲的吼道：「你有完沒完？」

我驚愕的抬起頭望著小鈴，她的臉色蒼白，全身不知道是因為被雨水淋濕之後有些冷還是因為氣憤，身體不停的顫抖，她的嘴唇哆嗦著，眼睛裡開始湧出淚水來。

我走過去，摸了摸她的手，她的手十分冰涼。

我轉身走進臥室，拿出兩件衣服，一件扔給她「去換上吧！」，然後寬容的對她笑了笑，她畢竟還是個孩子。

她低著頭接過衣服，說道：「對不起！」我拍了拍她的肩膀，拿上另外一件衣服去房間裡換上，開始慢慢的幫她收拾東西，我突然發現她的電話是拿起來的沒有放好，我將電話放好之後搖了搖頭，難怪打不通，真是糊塗。

將屋子裡的東西收拾好後，我仔細打量自己的成果，到處抹抹擦擦，然後覺得滿意了，才坐下來休息。小鈴一直站在旁邊不說話，怯怯的樣子很讓人憐惜。

我將她的手拉過來坐下：「你看你電話也不放好，最近老是精神恍惚，要是身體不舒服就告訴我。知道嗎？」小鈴點了點頭。我突然看見她的梳粧檯上放著一封信，伸手拿過來看，還沒有拆封，上面沒有郵戳，我順手遞給小鈴：「誰寫的呀？這麼神祕。」小鈴望著我手上的信，一臉茫然：「不知道啊，哪來的？」

「就在你的梳粧檯上拿到的呀，你不知道？我看你最近真是糊塗得不輕呀！」小鈴接過信，輕輕的拆開，我發現她的身體在開始慢慢的顫抖，然後呼吸開始沈重起來。

看完信，她將那封信用瓦斯爐火點燃燒掉，然後一直呆呆的坐在那裡不說話。我被她的舉動搞得有些糊塗了，便問：「怎麼啦？」

小鈴沒有說話，還是呆呆的坐著。她的神情讓我有些害怕：「怎麼了？發生什麼事情了？有事情你說出來我可以幫你呀！」

小鈴想了一會兒，突然抬起頭來看著我：「你真的願意幫我嗎？」

「對啊，只要你說出來，我能做的都可以幫你。」

小鈴歎了口氣：「其實也沒有什麼事情，你能夠陪我坐一下，陪我說說話，我就很開心了。」

我望著她，點了點頭：「我本來就是來看你的。」

小鈴幽幽的望著我，我在她的眼睛裡看到一種詭異的東西在閃動：「我說個故事給你聽吧！」

「故事？」

「是啊，反正我們坐著也沒有事情，說個故事吧！」

小鈴說完這些話之後，突然有些輕鬆。

我不明白她現在怎麼又開始有心情說故事了，不過我還是點了點頭，只要她開心，管她說什麼呢？聽個故事也沒有什麼。

小鈴望了我一眼，然後輕輕說了起來：有一個女孩子一個人獨自在一個城市裡生活，因為孤獨和寂寞，她很希望有一個朋友來陪伴自己。後來有一天她在街頭偶遇她大學的一個同學，她覺得很開心，她們經常約在星期五的晚上和她的另外一個朋友聚餐。可是沒過多久，這個女孩子開始發現她的同學有些不對勁，而且慢慢變得很憔悴。有一天，她就問你這是怎麼了？她的同學說最近睡不好覺老是做惡夢。

後來她的同學便不再來，她打她的電話也打不通，她的手機也關機，她覺得很納悶，便抽時間去看看她的同學。

當她找到她的同學的時候，她的同學跟她說了一個詭異的故事，在聽完這個故事的時候她一點都不相信，但回到家之後她的身邊便開始發生怪異的事情，每天晚上她都會接到一通電話說：「你家裡有鏡子嗎？」

她一開始以為是同學跟她開的玩笑，所以並不在意。但就在三天之後她開始覺得不耐煩了，便將電話線拔了，晚上手機又響了，來電顯示是無法識別，接起來一聽又是那個聲音：「你家裡有鏡子嗎？」她後來實在被騷擾得受不了，便打電話給同學讓她別再做這樣幼稚的事情，可是同學的電話老是打不通，手機撥通之後便出現那低沉的鬼魅的聲音：「你家裡有鏡子嗎？」

三天之後的晚上，她開始做惡夢，夢裡有一個黑衣服的女人站在她的面前，好像是她的同學陰沈沈的說：「你家裡有鏡子嗎？」

她以為是白天想多了晚上才會做夢，第二天，她便打電話去同學的公司找她的同學，結果聽到說她的同學已經割腕自殺了。

然後，她的身邊便發生了一連串怪異的事情。小鈴說完之後，抬起頭來看著我，我不禁打了個寒顫，小鈴的眼神好怪。

「然後呢？」我嚥了嚥口水，這故事太詭異了，她就好像在說我和小鈴、冰兒的事情一樣。

「然後？」小鈴望著我沒有說話，笑了笑。

「對啊！」

「然後，你自己會知道的。」小鈴的語氣有些陰森。

「我怎麼會知道？」不過，我還是沒有再問下去。這聽起來有些嚇人，我想起了小鈴的電話裡響起的：「你家裡有鏡子嗎？」

小鈴望著我突然笑了起來：「看！把你嚇得……」我呆呆的望著小鈴的樣子，小鈴指著我笑得淚水都擠出來了：「這麼一個小故事，也能把你嚇成這樣！」

我明白自己被小鈴耍了，使勁推了她一把，然後我也跟著和她笑成一團，但是我卻始終在心裡感覺到隱隱的不安。回到家的時候天已經黑了，我將衣服脫下來放好，好好的洗了個澡，這天氣真是糟蹋人，出門一趟就改頭換面了，全身淋得和落湯雞一樣，不過看著小鈴沒有什麼事我也就放心了，慢慢的我哼起了歌。

外面電話鈴聲響了，我將身體擦乾裹上衣服跑到臥室，拿起來喂了一聲，裡面傳來一個低沉的聲音：「你家裡有鏡子嗎？」

我覺得汗毛一下就豎了起來，接著想起了小鈴今天上午說的故事，笑了起來：「你個搗蛋鬼，又想法子嚇唬我，現在不和你說，我在洗澡呢！」然後放下電話，又重新走進浴室，但是心裡卻還是有一種毛毛的感覺，心裡有些抱怨小鈴沒事和我開這種玩笑。

一整個晚上電話沒有再響過。第二天，我一直在忙著自己的工作，昨天小鈴說的故事便被我拋到腦後，實在是沒有時間再去想她那些奇怪的事情，現在的我只覺得腦子不夠用。

晚上躺在床上全是一些文件資料的，腦袋有些昏昏的，不知不覺便睡著了。睡夢裡被電話鈴聲吵醒，擰開電燈看了看，都十二點了，誰還在這個時候打電話呀！嘀咕了兩句，還是拿起了電話，

喂了一聲之後我感覺汗毛又開始豎起來，背後一陣麻麻的感覺：「你家裡有鏡子嗎？」

又是那鬼魅的聲音！我啪的一聲將電話掛了，這個小鈴真是玩得有些過分

了，明天我非得好好教訓她不可，深更半夜的玩什麼鬼遊戲，自己不睡覺還吵得我也睡不好，但鑽進被子後，卻又怎麼也睡不著了，腦袋裡全是那鬼魅的聲音，我將電燈擰亮，然後將電視打開，望著電視裡那些無聊的鏡頭發呆，什麼時候睡著的我都不知道。

第二天來到公司，我第一次遲到了。走進辦公室的時候，看見外面同事們的眼神，心裡有些不是滋味，誰叫我遲到呢？心裡的氣憤便都歸結到小鈴的身上。

才剛在辦公室裡坐好，李小姐就推開門進來，遞給我一張經理簽過字的請假單，我拿起來一看是小鈴的。我問：「小鈴什麼時候來請的假？」

「早上來的，精神不太好，說是重感冒。」我點了點頭，抓起電話撥通了小鈴的宿舍，小鈴的聲音聽起來有些虛弱。

我對她的不滿一下子煙消雲散了，有的也只剩下關心：「聽說你病了，去看醫生了沒有，嚴重不嚴重？」

「沒什麼，剛吃了藥，休息一會兒就好了。」

「對了，以後別三更半夜的跟我開什麼鬼玩笑了，今天都害我遲到了。」

我忍不住抱怨了一句。

「什麼玩笑？」小鈴的聲音有些疑惑。

「你還裝，我都難得說你了，就你前天跟我說的那故事，說了就說了，你看看你，晚上還打電話嚇我！」

「啊！我沒有……」小鈴的聲音有些顫抖。

「好了好了，你也別解釋了，以後別開這種玩笑了，我現在正忙著，你自己好好養病，有時間我會去看你。」這時候我看見經理叫我，我便將電話掛斷，繼續忙自己的事情。

小鈴一共請了三天假，她不在的這幾天我感覺工作量真是多到爆，本來工作壓力就大，她這一病下來我真的是忙得不可開交。

晚上回到家的時候才靜下來，看著電話，我決定給小玲打個電話，又是占線，我撥了她的手機，裡面又傳來那鬼魅的聲音：「你家裡有鏡子嗎？」我啪的將電話掛斷，這傢伙玩興不改，難得理你了，我不屑的說了一句。躺在床上看了一下電視，全是那些肥皂劇，一天下來也累到不行了，趕緊睡覺吧，免得明天上班又遲到了。臨睡前我順手將手機關掉，然後將電話線給拔掉，現在總算可以好好睡上一覺了。

半夜裡又被一陣電話鈴聲吵醒，迷迷糊糊中我順手拿起床頭的電話，裡面傳來那幽幽的聲音：「你家裡有鏡子嗎？」

我有些憤怒起來，大聲的說：「小鈴，我不告訴你了嗎，叫你別鬧了……」然後啪的將電話掛了。突然我看到了那被拔掉的電話線，血液一下子凝結了！

我開始慢慢的清醒過來，再次拿起電話，的確沒有插線，那剛才的電話鈴聲……

我啪地將燈打開，汗水開始順著額頭滑落下來，整個屋子因為剛才的聲音而顯得陰森起來，整個屋子好像都籠罩在那詭異的聲音裡。

我再次將電視打開，把屋子裡所有的燈都打開，腦袋裡開始混亂起來，恐懼在心裡蔓延。

我睜著眼睛盼望著天快些亮起來，才剛剛亮我就跑去了辦公室，我有些害怕一個人待在房間裡，空蕩蕩的讓人感覺心生寒意。

第二天早上到了辦公室，我卻成了最早到的人，同事們開始陸陸續續的來上班了，我盯著她們忙碌的身影發呆，突然覺得應該給小鈴打個電話，問問她這到底是怎麼回事，我感覺這所有的事情都好像和她有關係。

拿起電話，慢慢的撥通那個熟悉的號碼，還是占線，手機這次提示的是：你撥的電話已關機，請稍後再撥。

腦袋裡全都裝著那詭異的聲音，再加上一整晚都沒有睡覺，精神有些恍惚，我想著那天小鈴跟我說的故事，最後撥一〇四查話台，查詢冰兒上班的公司電話號碼，「死了？」我張大著嘴，我想那時候的我肯定很傻眼。

「是的。」電話裡的聲音再次肯定了這個說法。

「怎麼死的？什麼時候？」我感覺呼吸都有點困難了。

「已經有十多天了吧，是割腕自殺的。」我輕輕的將電話放在桌子上，十多天了，那我那天在小鈴住的門口看見的人是誰？她還和我說話呢，我想起她那陰沉的聲音：「你家裡有鏡子嗎？」

我端起桌子上的茶杯，大口的喝著水，這怎麼可能？小鈴肯定知道的，可是小鈴為什麼不告訴我？是辦公室的空調開得太冷了嗎？大熱的天我卻感覺到身子發冷……

我決定去看看小鈴。我拿起電話，對經理說我有急事得馬上出去，經理不悅的語氣並沒有阻止我的腳步，不管他同意不同意我必須去一趟。跑出公司大門，我招了一部計程車趕緊往小鈴的家裡趕去。

才進到社區大門便看到一輛警車停在社區入口，小鈴住的樓下圍了一堆的人，大家都在議論紛紛。

我望著他們，一種不祥的感覺湧了上來。我擠過去一看──那一瞬間我差點暈厥，小鈴靜靜的躺在地上，一身都是血，警察已經將現場封鎖了起來，抬頭看見還有警察在小鈴租屋處的陽台上比劃著什麼。

我捂著胸口，努力讓自己的情緒穩定下來，我抓著一個警察的手：「先生，請告訴我，這到底是怎麼回事？我是她的同事。」那個警察看了我一眼，大家一聽說我是小鈴的同事都圍上來說：「一個好端端的女孩子幹嘛想不開去跳樓呢？多可惜呀！」

小鈴自殺了？我有些不敢相信，可是我看見她真的就躺在那裡！警察將我帶到一邊問我一些小鈴的情況，我機械性的回答著他們的問題，我的思緒好亂，真的好亂。

我不知道自己是怎麼回到家的，昨天我還和她通電話的，雖然她最近情緒非常不穩定，可是她為什麼要自殺呢？我一個人躺在床上，冰兒自殺了，小鈴也自殺了，這到底是為什麼？她們之間的死有關聯嗎？

天開始黑了下來，我一個人一直呆呆的坐在床上，外面又在颳風了，這天氣真是說變就變。

電話鈴聲打斷了我的思緒，我盯著電話不敢去接，我仔細的看了看電話，扯下的電話線還在地上，電話並沒有接好，我顫抖著手慢慢的拿起電話，電話又傳來了那鬼魅般陰森的聲音：「你家裡有鏡子嗎？」

我感覺全身又開始冰冷起來，身上冒出一股寒意來，我顫抖著聲音問：「你到底是誰？你想幹什麼？」

電話裡還是那種聲音：「你家裡有鏡子嗎？」我啪地將電話掛了下去，將電話抱起來扔到陽台上，砰的將門關上：「去死吧！」

我開始大聲的哭起來。我一直不敢睡覺，一直開著燈坐在床上，我發誓，我明天一定要搬出去，這時我又聽到一個聲音：「你家裡有鏡子嗎？」

我還是呆呆的坐在床上，我不敢回頭，我感覺這聲音就是從我的身邊發出來的，我坐在那裡不敢動，那聲音又傳過來，並不停的在屋子裡迴盪：「你家裡有鏡子嗎？」

我迅速的轉過頭，卻什麼也沒有。而斜對面的鏡子裡，我看見小鈴穿著一身黑衣服望著我淡然的一笑，然後陰森的說：「你家裡有鏡子嗎？」我抓起旁邊的杯子向鏡子扔過去，啪地一聲鏡子動了動沒有破，杯子卻摔碎了，小鈴在鏡子裡笑著：「你家裡有鏡子嗎？」

我感覺自己快要崩潰了，這到底是怎麼了，我感覺自己要發瘋了，我甚至都有了自殺的衝動，真是魔鬼。我衝出門去，不再待在這屋子裡了。我出去找了一家汽車旅館住下，發誓我明天一定搬家。

第二天來到辦公室，我又是最早到的人，我坐在桌子後面，整個腦袋有夠沉重，這幾天的事情搞得我睡不好覺。這時候我發現我的辦公桌上躺著一封信，沒有郵戳。我輕輕的撕開，裡面是小鈴的筆跡。

丁鐺姐：請原諒我對你所做的事情，當你看到這封信的時候我已經死了，我知道你這個時候肯定很恨我也很疑惑，但是我希望你在看了這封信之後能夠原諒我，並且一定要相信我，按照我所說的去做。

冰兒已經死了，我沒有告訴你，因為我不敢說，我害怕我也會像她那樣，結果最後我還是沒有逃出厄運。

記得我跟你說的那個故事嗎？當初冰兒就是那樣說給我聽的，在說完這個故事之後我的生活便成了這個樣子，我每天都會接到電話，電話裡傳出那鬼魅陰森的聲音，我相信你肯定也聽到了。

記得你那天來我這裡嗎？那天你看到冰兒的時候她已經死了快一個星期了，我在看到那封信的時候我才知道她的確是來找過我，那封信就是冰兒放到我梳粧檯上的，就像我今天把信放在你辦公室裡一樣。

冰兒告訴我，如果想要解脫自己必須將這個故事在十二天裡告訴十二個人，不然將遭到厄運。

後來我將這個故事告訴了你，你是知道這件事情的第一個人。我沒有辦法完成十二個人的目標，我沒有朋友，我不知道該怎麼說給別人聽，但是在跟你講這個故事的時候我又很害怕你知道，可是我真的很害怕，我害怕我和冰兒一樣。你不知道冰兒死的時候多麼恐怖，後來她的影子一直纏繞著我，我一直在鏡子裡看到她的影子，我沒有做完這件事情，在十二天來臨的時候我知道厄運還是來了，我就剩下最後兩個人沒有完成，我知道聽完我那故事的另外十個人會和你一樣，可是請你們原諒。

如果你收到這封信，請你按照上面的方法去做，看完之後請將這封信燒掉，要不然它將會給你帶來災難。小鈴

我握著信呆呆的坐在那裡，思緒開始慢慢的清晰了起來，我拿出手提包裡的鏡子，對著鏡子喃喃的說：「小鈴，再見！」然後站起身來坐在電腦前，望著螢幕開始慢慢的敲擊著鍵盤，準備把這個故事告訴所有我認識的朋友……

撞車事件

「一名叫『琳琳』的國中女生在鐵路與公路交叉處發生交通事故，並因此喪生。據說身體被火車碾成兩截，死得很慘。可是，更可怕的是在事故發生後十分鐘，她的上半身居然復活了！

直到今天，那個女孩的靈魂仍在尋找著她遺失的雙腿。而且，那個靈魂在聽說過這次事故的人住的地方，三天之內一定出現！

接著，她會問你：『你有腿嗎？你有腿嗎？』這時候如果回答錯了，她就會把你的腿扯斷分開！」海風在跟膽小的風之翼講完這個故事後，一臉壞笑地說道：「怎麼樣？想要知道正確的回答嗎？」

「想……想知道！」

「如果想讓我告訴你，就拿一百元來。」

心中充滿恐懼的風之翼無奈地掏出錢來，帶著哭腔地說道：「好，給你……」

海風接過錢後轉身就跑，邊跑邊轉過頭來對風之翼壞笑道：「哈哈，自己去想吧！再見了！」

「什麼？太……太過分了！」那天晚上在貓貓家聚會時，風之翼哭喪著臉對我們講述了他前一天的經歷。

「什麼？因為不知道該怎麼回答『琳琳』的提問而睡不著覺？哈哈哈……」

「還蠻把它當回事，真夠膽小的！」

大家紛紛嘲笑起風之翼來，而向來比較瞭解鬼怪的傲劍卻不知為什麼非常粗暴地對風之翼吼道：「告訴你吧，關於『琳琳』的傳說完全是編造出來的！今後再也不要想關於『琳琳』的事了！明白了沒有！」

「你太無情了……我真的很害怕，你卻不問理由地訓斥我。我討厭你傲劍！」風之翼滿腹委屈地泣訴不滿。

「你難道非大聲斥責他不可嗎？」

「是啊！儘管哪個靈魂並不存在……」網友們見風之翼真的很傷心，便責怪傲劍不該太凶。

傲劍一直緘默無言，直到睏乏的風之翼去另一個房間睡著了後才對大家解釋道：「你們錯了！那個靈魂確實存在，而且很危險！」

「什麼？是真的？」

「是的！『琳琳』的傳說是有原版的。她就是十幾年前的一個冬天發生的一起鐵路交通事故中，身體被切成兩半的莉莉。可能是因為天氣太冷，血管收縮得很厲害，血沒有一下流光。所以沒能馬上死亡，上半身還拼命掙扎了好幾分鐘。」

「那……你為什麼要說是編造的呢？」

「因為只有那樣想才會安全。如果心裡一直想著這件事『太可怕』了，腦電波的波長就會和靈魂的波長一致，那麼反而會把靈魂召喚來。而風之翼的恐懼太強烈，那樣的話，可能會吸引『靈魂』的到來。」剛說到這裡，一陣「嗚嗚」「嗚嗚」的火車聲傳入耳中。另一屋中的風之翼也從睡夢中驚醒，他剛一睜眼就看到只有上半身的琳琳在離他不到一公尺處面目猙獰地盯著他！

「你有腿嗎……」琳琳瞪著他問道。

「哇啊！」風之翼驚叫起來。

我們聞訊衝進了那間小屋，風之翼立即躲到我們身邊。「快……快救救我！她要搶走我的腿！告訴我正確的答案吧！」

「你想知道她為什麼無法安息，為什麼要到聽說過這件事的人到那裡去嗎？你想知道正確答案嗎？好！我告訴你！」傲劍拽著風之翼的衣領說道，「她無法安息，完全是你這樣的人造成的！她的家人供奉著她，想讓她早日安息，可是成千上萬像你這樣的人談論著她，並為此而恐懼，這些念頭像無形的鎖鍊束縛著她，使她不能去極樂世界！她是個被人們的念頭縛住的靈魂，只要還有人在談論她的事，她就無法安息！」

傲劍稍頓了頓後，繼續說道：「只要你想到她的時候別害怕，而是祈禱『希望你早日安息』，這種想法就是讓她安息的力量泉源。」

風之翼聽完後終於鼓起勇氣，走到琳琳的面前說道：「琳琳，對不起，我不再害怕了。希望你能早日安息。」

傲劍也對琳琳說道：「忘掉那些謠言吧！你一定會安息的。好了，現在你該回去了。」

只見琳琳臉上露出感激的表情，慢慢的消失了。這時，傲劍對大家說道：「那些因悲慘事故而死亡的人，很容易被人們拿來作閒聊的話題。不要鬧著玩的把死者想像成怪物去談論，那會褻瀆死者的靈魂的。」

「那麼，『如果不能正確回答，就會被弄走雙腿』又是怎麼回事呢？」風之翼問道。

「那是一些無聊的人隨意編造的假話。」與此同時，海風正在家中洋洋得意地數著騙來的錢。

「嘿嘿……用這個辦法騙錢真是太容易了！得想想明天還能到哪兒去再大撈一筆！」

突然，琳琳在他面前出現了。「你有腿嗎？」

「啊！是……是『琳琳』嗎？沒想到居然真的會出現……不……不要緊，我知道怎麼回答……」

海風壯起膽說道：「我x你老母！怎麼樣？快給我消失吧，你這個妖怪。」

琳琳盯著海風，陰沈地說道：「到處散佈謠言的人就是你吧！你竟然敢這樣做。你好大的膽子！」

「啊……不要！完了，回答是錯的。」琳琳邊尖聲喊著「你有腿嗎？」邊「卡」「卡」兩下扯斷了海風的腿，然後丟下已奄奄一息的海風，拖著他的兩條斷腿走向遠方，慢慢地消失在夜色中……

拿鋤頭的屍體

在小鄉村教學的李老師，每天放學以後都要翻過三座山，走上十來里的山路才能到家。一晃二十多年過去了，他也把那條路來來回回的走了八千多遍。

這也許是一個很普通的晚上，只不過比往常顯的暗了一些，與往常不一樣的是，李老師的心裡總覺得有那麼一點點的不踏實，總好像有什麼事情要發生，可是他不知道那會是什麼。

這是一條很偏僻的小路，李老師走了二十多年，也只在路上碰到過三個人而已，其中兩個還是死人。因為山路太陡了，砍柴的時候不小心滾下來了。死的時候很慘，李老師直到現在還不能忘記當時的情景，人是趴在那裡的，頭顱卻已經扁了，腦漿迸了周圍一大片，紅的，白的，有些還落在旁邊小樹的枝葉上，是那麼的鮮艷。

還有一個他連頭都沒有看到過，就只看到一具屍身。只不過李老師從來不是一個膽小的人，雖然心裡有不祥的預感，可是他還是決定繼續往前走。

天實在是很黑，以致李老師幾乎都看不到路了，幸好他實在對這條路太熟悉了，熟悉到幾乎閉上眼睛也能走的地步，他知道哪裡有坑，哪裡有樹，知道哪裡下坡。今晚真的很靜，靜得嚇人，平常那些吵人的蟲叫聲都不見了。

李老師匆匆的走著，聽到的只有自己的呼吸聲，他感到很納悶，他認為也許該聽到的是自己的腳步聲，可是沒有，他只聽到自己的呼吸聲。

那聲音很重，很急，好像也有那麼點節奏。彷彿人臨死前的最後一聲歎息後的尾音，想到這裡，他感到自己整個人好像縮小了點，不由自主的打著寒顫，他只希望早點回家去，回到那邊山頭的那幢小屋子裡，那裡有他的老婆，有他的孩子，旁邊還有好幾百人的村民。

「喂，老師，問個路好嗎？」聲音彷彿從地下飄出來似的，是那麼的冷。李老師臉色煞白，趕緊回頭望，卻沒有人。當他再回頭的時候，前面已經站了一個人。他往後退了好幾步，倒吸了好幾口涼氣，可是他還是控制自己沒有叫出來。前面不知道什麼時候悄無聲息的站了一個人，他瞇著眼睛，卻又看不清，太暗了，他只能看到一團黑影。

「請問奈何橋怎麼走啊？咯咯！」那人笑著問，李老師再也控制不住自己了，大喊了一聲，趕緊往回跑。因為那人說話的時候，他聽到了汩汩的流水聲，是從那人的嘴裡流出來的，濺在了地上。雖然他看不清楚，但他知道是血，因為只有血才有那麼重的腥味。

他拼命的往回跑，也不知道跑了多久，終於看到了前面的一點光，他知道那是一盞燈，砍柴的人經常拿這個照著砍柴。看到了亮光，他的心鎮定了很多，再回頭望去，那人已經不在了。

在無邊的黑暗中，那一點光就是李老師的整個希望，沒有什麼比這點光更鼓舞人心的了。

他離燈光越來越近了，終於近到了可以看得清人影的地方，他看到有人在那裡刨著鋤頭挖東西，另一個人吃著什麼東西。

他正想走過去，突然聽到刨鋤頭的那個人說話了：「好吃嗎？我……累了。」說完，竟然把自己的頭摘了下來扔到了地上。燈閃了一下，李老師看見另外一個人的頭是扁的，臉上掛滿了腦漿，他一邊往自己的嘴裡塞著泥巴，一邊用舌頭吸著從頭上滴下來的腦漿，笑嘻嘻的對李老師說：「你來挖，我來吃。你來挖！我來吃，啊——」

二十多年來李老師第一次沒來上課，村民們沿著李老師回家的路找，在離學校很近的地方發現了李老師的屍體，腦漿濺了一地，他的手上還緊緊的握著一把鋤頭！

別浪費水

讀大學的時候，有一天我與一幫人出外遊玩。由於當時玩得太晚了，而自己住得很遠又錯過了末班公車的時間，只好硬著頭皮到其中一個朋友家過夜。

到達他家之後，就想要洗個澡才睡覺。朋友告訴我浴室在後面，把一條乾淨的毛巾交給了我，我就往屋後走去。

那是一間不小的浴室，裡面有個浴缸，我打開水把浴缸裝滿，然後整個人泡進水裡享受。

不久，我聽到敲門聲，以為朋友在叫我，就裹著毛巾去開門。門打開了卻不見人，懷疑是自己聽錯了，但怪事接二連三地發生，我開始生氣了，認為是朋友在惡作劇。我隨便沖洗一下身子，在穿上衣服時，敲門聲又來了。

這次我很快地打開了門，也嚇了一跳，因為這次竟然有個老阿婆站在門前，她語氣不好的說：「不要浪費水呀！」我鎮定下來後，急忙賠不是，原先我還以為這位阿婆是朋友的家人，剛要介紹自己時，阿婆卻不見了，心裡猜想她一定是在教訓我後就回房了。

我不好意思的去找朋友說聲抱歉，他臉色怪怪的看著我，然後問我究竟發生什麼事，我再次解釋給他聽，但他還是沒什麼反應，我就比劃一下那阿婆的樣貌，突然他臉色一沈，叫我不要再講了，急忙催我睡覺。我雖然察覺不對勁，但也沒有再問了。

翌日，朋友告訴我昨晚敲門的那個阿婆其實是他的外婆，不過是已經去世了一年的外婆，還帶我去看他的黑白照，果然就是那位敲我門的阿婆。

朋友告訴我他外婆從小就很窮，節儉成性，從不喜歡浪費東西，她這次敲我的門只是想告訴我別浪費水而已。我聽完臉色大變，回家後就大病了一場，從次不敢再去這位朋友的家過夜。

半夜鬼吃炭

這個故事發生於台灣二二八事件的前後，在台灣東部的花蓮某個小鎮的一個林場。話說，這個林場在二二八時期曾經是個刑場，曾經槍斃過無數的犯人。看守林場的，是一家父子倆，老頭子五十多歲，兒子剛過二十。

父子倆在林場中央搭了一個大型帳篷，日夜駐紮在那裡。他們在那裡看守林場已經快兩年了，一直都平安無事。但好景不常。那是個嚴冬的晚上，父子倆正在帳篷裡面烤火，突然，有個人影在帳篷外面晃動，同時還聽到沙沙的聲音，但是看不見人。

不過，從那影子還是可以看得出那是個老太婆用手遮蓋著臉，抱著一個小女孩。父子倆心想可能是深夜來偷樹的，於是就裝做沒有發現繼續聊著天，打算等那老太婆開始砍樹的時候去逮她個正著。

父子倆一直等到了第二天早上，竟然沒有聽到砍樹的聲音，也沒有發現樹木被盜。然而，第二天晚上，還是在太陽剛好下山的時候，那個影子又出現了，在門口來回徘徊著。

父子倆心想可能是那老太婆想使什麼調虎離山之計，多偷幾棵樹，於是父子倆便沒有搭理她，只是一直在耐心的等待著結果。那一夜，還是什麼都沒有發生。

後來，第三天晚上，第四天晚上……將近有一個星期的時間裡，每天晚上那個老太婆都會準時在太陽剛下山的時候來到他們的帳篷外「偷窺」他們父子倆，但就是什麼也不做。時間久了，父子倆也就放鬆警覺了。

這天晚上，父子倆早早的吃了晚飯，就烤起了火來。正當父子倆聊得正起勁的時候，那個神祕的影子又出現了。不過，這次那個老太婆不只是在門外偷窺，而且還抱著一個小女孩蹣跚地走了進來，坐在帳篷裡的爐子旁邊，一句話也不說。

父子倆定睛一看，媽呀！這哪裡是個人啊，祖孫女兩人眼睛裡根本沒有眼珠，就只是兩個大窟窿，臉色青得發紫，渾身穿得很破爛，牙齒長得尖尖長長的，比傳說中的野人還恐怖。

那祖孫倆似乎沒有在意父子倆的存在，竟然開始把手伸進去爐子裡抓起那赤紅的炭塞進嘴裡吃（據說鬼最愛吃炭）。

父子倆嚇得魂不附體，兒子鑽到被窩裡把頭埋得密不通風的，而那老頭子呢，雖然說沒有鑽進被子裡，但尿也已經撒了一褲子。

第二天早上，父子倆準備了一把斧頭，準備和那東西決一死戰。晚上，太陽下山了，那東西如約而至，仍然闖進了帳篷裡來挑釁。

年輕人一躍而起，揮舞著利斧衝上去。老太婆見情勢不妙，馬上抱著自己的小孫女往外面跑，但畢竟太老了，哪能跑得過那年輕人，剛跑出帳篷十多公尺遠，就被年輕人給追上了。

年輕人沒有多考慮什麼，舉起利斧，朝著那老太婆的駝背就是一斧頭，結果那老太婆「哦——」的哼了一聲，然後就伴隨著那洶湧的鮮血倒地不起。

年輕人手忙腳亂，掉頭跑回帳篷，從裡面把帳篷入口抵得死死的。一直到第二天早上將近中午時刻，父子倆才敢開門出去看個究竟。

父子倆來到昨天晚上決鬥的那個現場一看，斧頭仍然砍在一個樹樁上，並且樹椿上還有幾滴鮮血，一直延伸到了遠方。

父子倆很好奇，循著鮮血來到了一個山谷，發現那鮮血在兩具屍骨旁邊停止了，兩具屍骨年代久遠，已經皮肉無存，只剩一堆白骨了。不過從那已經開始腐爛的衣服依稀可以辨認出，那是個老太婆和一個小女孩的，並且和昨天晚上的那孫女倆穿的非常吻合。

後來，一個住在當地的老先生說出了真相：三年前，一個老太婆帶著一個小女孩來當地討飯，那年頭家家戶戶都難以度日。最後，沒討到食物的祖孫兩人就活生生餓死在山林裡了。

父子倆一聽，覺得蠻可憐的，於是就將那兩具屍骨妥善安葬了。從那以後，那對祖孫再也沒有出現，只是晚上還會不時聽到那老太婆在嗚咽。

出竅

好似做了一個很長很長的夢，夢裡的我滑過一條黝黑深遠的甬道，然後掉落虛無的空間。我驚醒過來，一身的冷汗。

看了看窗外，已是漆黑一片。打開電腦連接——上線這就是標準的男宅生活，就算半夜起來上個廁所也要順道去網路上瞧一瞧。

信箱裡有幾封郵件，兩封來自那個叫雲煙的美眉，問我怎麼幾天沒來上網。

我對著電腦呵呵一笑：這個美眉大概對我動了心了，我只不過睡了一覺，就說幾天，誇張！

登錄了即時通，意外地看到她仍在線上，不等我站穩，她的話就如潮水般湧過來了：「好久不見！去哪了？出差了？還是戒掉上網？亦或受了什麼刺激了？」

我嘻皮笑臉地回她：「想我了？一日不見如隔三秋呀？」

她不客氣地罵：「是呀，報紙上說有個男子撞車撞成了植物人，現在還躺在醫院，我以為那個就是你呢！」

「你這美眉真是黑心腸！不過還真叫你這烏鴉嘴給說中了，我今天還真撞了車。」

「傷到哪裡了？嚴重嗎？怎麼那麼不小心呀你？」傷到哪裡了？我看了看自己，「好像也沒傷到哪裡，就是撞車後總覺得腦筋有些不清醒，好像失憶似的，走路也頭重腳輕，輕飄飄的。」

對啊！撞車時我記得好像頭痛得厲害，模糊中好像他們把我送進了醫院，後來怎麼治療我又怎麼回到家的，我都想不起來了，而且現在好像什麼事都沒有。

「獨自一人在外，凡事要小心點。」看著她快速的回話，心中有隱約的快樂，也有絲絲感動：知道她是真的關心，可是還是捉弄她：「呵呵，好兆頭，開始知道關心我了。」

「你真是非要逼我罵你才開心是不是？我是擔心你死了都沒人知道！」

「放心，知道你這樣關心我，我就算死了也會纏著你的。」

我就喜歡在網路上把女孩子氣得一愣一愣的。投桃報李，我也關心她一回：

「這麼晚了還不下？明天上班嚇著同事就不好了。」

「今天是星期五，明天不用上班。你撞車撞糊塗了吧？」

什麼？星期五……不是星期一嗎？我把滑鼠移到右下角，電腦顯示出日期：二〇〇一年十一月一日。

「咦？我是十月二十六日星期一在上班的路上出的車禍，怎麼……」中間的那幾天時間我上哪去了？又做了些什麼？我努力的回想，回想到失了神，是即時通發出的聲音把我拉了回來，雲煙說：「可能你真的太累了吧？不要再玩了，下去睡覺。」

「去睡覺也ｏｋ，但你要先答應我一件事。」

「？？？」她打了幾個問號過來。

「我要見你，」我想了想，加了幾個字：「以前天天與你聊天，不覺得有什麼，但幾天沒上網，才發現自己實在掛念你。」

自己是在說謊，我連這幾天自己上哪去了都回想不起來，哪來想念她？可是說這話時心裡又好像真的很想很想她。她遲疑了一會兒，答應了。約好在明晚——哦不，應該是說今晚，現在都已經是凌晨時分了——八點半在「清心咖啡屋」見面。

莫非我撞壞了頭腦了？下了線我又努力回想了老半天，仍不得其解。模模糊糊間，又再睡著了。再醒來，一看，壞了，又是天黑，我還約了雲煙呢！連忙起床換衣服，刮鬍子，湊近鏡子看，咦？鏡子什麼時候壞掉了？竟然照不出我來？一看手錶，沒時間了！急急忙忙地往「清心咖啡屋」趕去。

站在路旁攔計程車，那些可惡的司機竟然個個都像沒看到似的理都不理地飛駛過去。搭公車必須繞一大圈，我只好抄小路趕過去。我氣喘吁吁地奔進咖啡屋，大概是跑得太急帶起一陣風，把前面的男子嚇得猛地回過頭來，摸了摸後腦勺，對身邊的女子說：「怎麼涼嗖嗖的？」

我四下張望尋找雲煙，突然在雜亂中聽到——又好像不是聽到，是接收到一段訊息：哪個會是「滄海」呢？凝神一看，臨窗處有個紅衣少女正睜著一對迷人雙眼盯著門口。

雲煙！一定是她！我幾乎馬上就斷定下來。

「嗨！雲煙！」我走到她面前。

「滄海？」她嚇了一跳站起身來，視線卻像找不到焦點似的到處飄，左看右看前看後看的「是你嗎？別玩了，快出來！」

吼！裝得像真的似地。我樂了：「想不到，妳在現實人生中也這麼頑皮！」

「我頑皮？是你頑皮還是我？別躲了！出來吧！」

「我不就在你面前嗎？誰躲了？」

「再鬧我就生氣了。」我突然感到有些不對勁：她好像是真沒看到我，否則以她現在的演技她可以去當演員了。就這樣我猛然想起這兩天來自己的異樣，想到空無一物的鏡子、視而不見的司機、走在我前面的男子、現在的雲煙……有股寒氣由腳底一路攀爬到心裡。我被自己的想法嚇呆了。

「滄海？」雲煙試探地叫著。

我繞到她背後拍拍她的肩。她回頭，大眼睛裡滿是恐懼：「誰！」竟然看不到我！「對不起，雲煙！」我極度驚慌之餘，虛弱地默想這句話，便轉身往門外衝——現在我知道自己不是在走，而是在飄了！我縮在街頭黑暗的一角，一遍遍地問自己：我死了嗎？我是死了嗎？怎麼變成這樣子了？好像是實在的，又好像是虛無的？思緒很是混亂，我努力地回憶自己撞車後的一切……醫院？對了，醫院！

我像個遊魂似的趕到醫院，好像有誰在指引著，很直接地來到一個病房裡。眼前所見的，又把我嚇得魂不護體：病床上分明躺著另一個自己！恍惚間自己好像是躺在床上的植物人一樣的肉身，又似乎是立在床邊的這個靈魂，可是又好像分出第三個來飄在空中看那兩個「自己」說話。

「嗨！老兄，我回來了。」靈魂滿不在乎地對著肉身說。

肉身恨得咬牙切齒，卻力不從心，無法動彈。只能用細若遊絲的聲音惡毒地狠罵：「你還知道回來！若不是我拼命護住僅餘的心脈，別人早把我燒了！我看你以後上哪裡去！」

「你總用這副臭皮囊把我困得死死的，我有機會跑出來還不趁機自由幾天？說實話，要不是沒有你我就沒辦法被這個世俗所接受，也沒有辦法和雲煙見面，我還真不想回來。」

靈魂還是一副滿不在乎的樣子。

「你少廢話！要嘛進來！要嘛從此當你的遊魂野鬼去！」我的肉身又開始

暴跳如雷。

「唉！俗身就是俗身！儘管我不喜歡你限制我的自由，可是沒了你也不行。」

靈魂還在那吊兒郎當，驀然空氣中有個威嚴的聲音大喝：「三魂七魄不許再胡鬧！陽壽未盡，自當速速歸體！」

我被突如其來的聲音嚇了一大跳，驚醒過來，困難的努力地睜開眼睛，看到一室的慘白，燈光有些刺眼。

我聽到有人在跑動，然後有個聲音在驚喜地大叫：「醫生！醫生快來！他醒了！他醒過來了！……」

▶ 超恐怖的鬼鬼傳說 （讀品讀者回函卡）

■ 謝謝您購買這本書，請詳細填寫本卡各欄後寄回，我們每月將抽選一百名回函讀者寄出精美禮物，並享有生日當月購書優惠！
想知道更多更即時的消息，請搜尋"永續圖書粉絲團"

■ 您也可以使用傳真或是掃描圖檔寄回公司信箱，謝謝。
傳真電話：（02）8647-3660　　信箱：yungjiuh@ms45.hinet.net

◆ 姓名：______________ □男 □女 □單身 □已婚

◆ 生日：______________ □非會員 □已是會員

◆ **E-mail**：______________ 電話：(　) ______

◆ 地址：______________

◆ 學歷：□高中以下 □專科或大學 □研究所以上 □其他______

◆ 職業：□學生 □資訊 □製造 □行銷 □服務 □金融
□傳播 □公教 □軍警 □自由 □家管 □其他______

◆ 閱讀嗜好：□兩性 □心理 □勵志 □傳記 □文學 □健康
□財經 □企管 □行銷 □休閒 □小說 □其他

◆ 您平均一年購書：□ 5本以下 □ 6～10本 □ 11～20本
□21～30本以下 □ 30本以上

◆ 購買此書的金額：______________

◆ 購自：□連鎖書店 □一般書局 □量販店 □超商 □書展
□郵購 □網路訂購 □其他

◆ 您購買此書的原因：□書名 □作者 □內容 □封面
□版面設計 □其他

◆ 建議改進：□內容 □封面 □版面設計 □其他______

您的建議：

剪下後傳真、掃描或寄回至「22103新北市汐止區大同路三段194號9樓之1讀品文化收」

廣　告　回　信
基隆郵局登記證
基隆廣字第 55 號

2 2 1-0 3

新北市汐止區大同路三段 194 號 9 樓之 1

讀品文化事業有限公司　收

電話/(02)8647-3663　　傳真/(02)8647-3660

劃撥帳號/18669219　　永續圖書有限公司

請沿此虛線對折免貼郵票或以傳真、掃描方式寄回本公司，謝謝！

讀好書品嚐人生的美味

超恐怖的鬼鬼傳說